KB275109

검사
그만뒀습니다

검사 그만뒀습니다

국민참여재판 1호 검사 오원근의 버릴수록 행복한 삶

| 오원근 지음 |

문학동네

그 사람 참, 자연스럽다.

윤구병 (변산공동체학교 설립자, 보리출판사 대표)

오원근은 참 자연스러운 사람이다. 말도 행동거지도 자연스럽다. 그러나 이 자연스러움은 타고난 것이 아니다. 어린 시절부터 마음속에 응어리로 뭉쳐 있던 온갖 미움, 서러움, 죄스러움, 안타까움, 밖으로 드러내지 못하는 사랑 같은 것을 어떤 것은 풀고 어떤 것은 밝히고 어떤 것은 눅이고 어떤 것은 따뜻하게 감싸서 벼랑에 폭포수 쏟듯 바로잡고 숲 속 나무 키우듯 올곧게 세워 다듬어진 것이다.

이런 과정을 거쳐서 오원근은 검사로서 사회 '정의'를 바로 세우고자 할 때 '자연스러움'을 바탕에 두었다. '정의'는 법률조문에 새겨져 있는 게 아니라 상식과 순리를 따를 때 구현된다는 것을 깨우친 것이다. 자기가 몸담고 있는 검찰 조직이 전직 대통령을 법망에 옭아 넣고 결국 죽음으로 몰아넣는 것을 보고 10년이 넘게 무소불위의 권력을 휘두르는 조직에 몸담았던 촉망받는 중견검사는 '검사를 버렸다.'

검사를 버리는 일은 쉽지 않다. 그러나 '불의'가 정의의 흉내를 내는 부자연스러운 상황에서 오원근에게 이것은 자연스러운 일이었다. 오원근은 붙들었던 것에서 손을 떼고 움켜쥐었던 것을 놓아버리는 것이 손을 자유롭게 한다는 것을 아는 사람이다. 그러나 고행은 고행일 뿐이라는 것, 거기에 특별한 의미를 두어서는 안 된다는 것을 알면서도 무르팍이 깨지고 살에서 살갗이 벗겨져나가는 고통을 감수하면서 사흘 동안 마음 안의 부처님께 1만 배의 절을 지극정성으로 올리는 사람이다.

여시아문如是我聞. 금강경의 요체는 이 한마디 안에 들어 있다. '나는 이렇게 들었다.' 슬기로워지려면 귀를 열어야 한다. 오원근은 온갖 생명체가 들려주는 이야기를 잘 귀담아듣는 사람이다. 바람이 코로 들어와 허파꽈리에서 들려주는 이야기, 물이 우리 몸 안에서 핏줄을 타고 흐르면서 지절대는 소리, 땅이 발밑에서 풀과 나무를 발돋움시키는 소리, 햇살이 살결 어루만지면서 환히 웃는 소리, 이런저런 이야기를 잘 알아듣고 자연이 시킨 대로 손발도 놀리고 몸도 놀린다. '검사 그만뒀습니다'는 이런 과정을 자연스럽게 그린 삶의 기록이자 자연과 더불어 자연스럽게 살고자 하는 사람들을 위한 마음 편한 수행지침서이기도 하다. 나는 오원근 같은 사람이 있어서 아직도 이 땅에 희망이 있음을 본다.

저자의 말

내 마음의 민주주의를 위해

지난 2009년 5월 노무현 대통령이 돌아가셨다. 평소 흠모하던 분이셨기에 서거 직후인 그해 8월, 나는 10년간 몸담았던 검사를 그만두었다. 여러 이유가 있겠지만 그분이 검찰의 모욕 주기 수사를 힘겨워해 돌이킬 수 없는 선택을 하셨다는 것이 나에게는 견디기 힘든 사실이었다. 언제고 떠날 조직이라 생각했지만 그분의 비극은 결정적인 계기가 됐다. 그리고 무엇보다 제대로 된, '내가 원하는 삶'을 살아보고 싶었다. 결단을 내리기에 앞서 나는 여러 측면에서 나라는 사람을 살폈다. 진정 원하는 삶이 무엇인가에 대해 진지하게 그리고 구체적으로 고민을 했다.

지금의 삶에서 내가 불편한 것들을 우선 정리했다. 나는 도시 생활이 싫었다. 물질적인 풍족함을 위해 천박해져가는 도시의 가치들이 나에게는 부자연스럽게 여겨졌다. 또한 자연과 점점 멀어지기만 하는, 흙을 밟지 못하고 사는 환경도 불만족스러웠다. 나에게 도시는 억지스러운 것투성이였다. 언제부턴가 농사에 대한 의지가 있었기에 서울생태귀농학교에서 농사에 관한 철학을 배우고 주말농장에서 가족과 함께 채소를 기르곤 했는데, 결국 흙으로 돌아가 농사를 짓겠다는 나의 바람을 조금씩 실현시킬 때가 됐다고 생각했다.

사직을 하고는 변호사 개업을 미루고 내가 하고 싶었던 것들을 경험하고자 했다. 전북 부안에 있는 변산공동체에 가 3주간 농사일을 했다. 이어서 경북 문경에 있는 정토수련원에 100일간 출가하여 행자생활을 하였다. '농사'와 '수행'은 오래도록 내가 간절히 해보고 싶어 하던 것이었다.

이때쯤 의도치 않게 '귀농 검사'라는 꼬리표가 붙었다. 기자인 후배와 함께한 사석에서, "왜 검사를 그만두느냐"는 질문에 "궁극적으로 농사짓는 삶을 살고 싶다"는 답을 한 것이 시작이었다. 부끄럽게도 아직 '완전 귀농'을 하지는 못하였다. 아마도 가까운 시간 안에 '완전 귀농'은 못할지도 모른다. 그래서 처음 '귀농 검사'의 콘셉트로 출간을 제안 받았을 때 거절을 했고, 그런 방향의 책은 쓸 수 없다고 말했다.

이 책은 '귀농'을 이야기하는 책은 아니다. '나다운 삶'을 고민하고 조금씩 실천하고 있는 사람의 이야기이다. 나는 '자연스러운 삶'을 추구하는 사람이다. 자연스럽지 못한 것들을 하나씩 정리하면서 내가 원하는 삶의 방향을 따라 '내 마음의 민주주의'를 실현해가는 이야기이다.

첫 번째 장에서는 주로 검사 재직 시절의 이야기를 담았다. 매체에서 보여지는 법조인들의 모습은 너무 포장되거나 비하되어 있다.

사회정의를 실현코자 하는 법조인들의 노력과 고민의 흔적을 담고 싶었다. 보다 유연해지고 있는 검찰 조직과 대중과 호흡하기 위해 변화하고 있는 일선 검사들의 모습을 보여주고 싶었다. 그리고 검사로 일하면서 만난 사람들과의 사연을 썼다.

두 번째 장에서는 나의 개인적인 이야기를 담았다. 가난한 소작농의 아들로 성장한 나의 음울했던 성장기와 지방대 출신의 청년이 독학으로 사법고시에 패스해 검사가 되기까지의 이야기, 그리고 사랑하고 싶었던 시간들에 대한 고백이다. 입을 떼기가 쉽지 않았지만 그래도 전복을 꿈꾸는 젊은 친구들이 희망과 사랑을 잃지 않았으면 하는 바람으로 써갔다.

세 번째 장에서는 자연과 함께하는 삶을 기록했다. 검사로 재직 중에 서울생태귀농학교에서 농사를 배운 이야기, 가족과 함께 주말농장에서 농사를 지은 이야기, 퇴직 후 변산공동체에 가서 3주간 농사를 지으며 같은 뜻을 가진 사람들을 만나고 교류한 이야기…… 이를 통해 나는 인간의 참다운 행복의 바탕은 흙과 함께하는 육체노동에 있다는 것을 확인하였다.

네 번째 장에서는 농사와 함께 내 삶의 한 축이 된 수행에 대한 이야기를 담았다. 정토수련원에 100일간 출가하여 초반 3일간 만배를 힘겹게 해내고, 그후 매일 계속된 오백 배, 발우공양, 마음나누기 등을 통해 '내가 옳다'는 생각을 내려놓으면 모든 괴로움은 사라지고 온갖 업장은 녹아난다는 이치를 배웠다. 여기에 변호사 개업 후 정토불교대학에 다니며 수행을 하는 이야기를 덧붙였다.

나는 이 책에서 자연스러운 삶의 소중함을 말하고 싶었다. 오늘

날 도시환경은 온통 콘크리트로 덮여 있고, 일회용품 쓰레기가 넘쳐 난다. 우리가 먹는 음식은 농약과 비료에 오염된 것도 모자라, 유전 자까지도 조작된 재료로 만들어진다. 사람들은 최고의 가치가 되어 버린 돈에 굽실거리고, 교육의 참다운 가치는 돌아보지 않은 채 아 이들을 오로지 시험성적이라는 한길로만 몰아간다. 조직 생활에서 살아남기 위해서, 때로는 자신의 고유한 가치를 포기하지 않을 수 없다. 도시 생활에서 자연스러움은 갈수록 엷어지고 억지스러움만 두꺼워져 간다. 흙을 가까이하고, 나의 기준을 내려놓고 있는 그대 로 세상을 '자연스럽게' 받아들이는 것이야말로 행복에 이르는 지 름길이라는 사실을 이야기하고 싶었다. 능력에 넘치는 일이라도 한 번 해보고 싶었다.

기획과 편집을 맡은 서영희 팀장님을 비롯하여 이 책을 만들기 위해 애를 써주신 문학동네의 모든 분들께 감사드린다. 글을 한 편 씩 쓸 때마다 꼼꼼하게 읽고 지적을 해준 아내, 아빠가 글을 쓴다는 핑계로 놀아주지 않고 가끔씩 짜증을 내도 이를 이해해준 아이들, 지금까지 우리 가족을 한없는 사랑으로 챙겨주신 부모님과 장인, 장 모님께 이 책을 바친다.

2011년 가을에

오원근

차례

1

검사와
변호사

바보 노무현, 검사직을 버리게 하다

　　　　　나는 적었다. "당신은 정말로 민주주의와 진보를 말할 자격이 있습니다"라고.

　　덕수궁 돌담길을 따라 길게 쳐놓은 끈에는 노란 리본들이 빼곡했다. 사람들이 고 노무현 전 대통령을 추모하는 글귀를 적어 끼워놓은 것이다. 그가 검찰과 언론으로부터 시달림을 당하던 어느 때, 지지자들에게 "전 이제 더이상 민주주의와 진보를 말할 자격이 없습니다"라고 글을 쓴 적이 있다. 그 '성품'에 친인척이나 아주 가까이서 같이 일하던 사람들에게서 비리가 드러나는 것을 가만히 앉아서 견디기 어려웠을 것이다. 어쩌면 그 '성품'이 부엉이 바위에서 몸을 던지게 했는지도 모른다. 그러나 그가 어떻게 말하였든, 우리나라 현대 정치사에서 그보다 더 민주주의와 진보에 대해 말할 자격이 있는 사람은 그리 많지 않을 것이다.

2009년 4월 30일, 고 노무현 전 대통령이 대검 중수부에 박연차 씨로부터 불법자금을 받았다는 혐의로 소환되던 날, 난 서울중앙지검 외사부에서 검사로 근무하고 있었다. 대통령을 태운 차량이 서초역을 지나 서울중앙지검 바로 옆에 있는 대검 청사를 향해 갈 때, 나와 같은 사무실에서 일하던 직원들은 창문 쪽으로 몰려가 그 모습을 지켜봤다. 그러나 난 자리에서 일어날 수 없었다. 평소 흠모하던 그가 치욕을 당하는 것을 차마 볼 수 없었다. 그것이 당시 내가 그에게 갖출 수 있는 예의였다.

그로부터 23일째 되던 날, 고 노무현 전 대통령은 몸을 던졌다. 그 소식을 듣고 온종일 아무것도 할 수 없었다. 집 안에 있어도, 밖에 나가 산보를 해도 마음은 조금도 가라앉지 않았다. 노무현 대통령은 인권 변호사를 하기 전, "정말 부끄럽지 않은 삶, 비겁하지 않은 삶을 살겠다"고 다짐을 했다고 한다. 그는 평생 이 다짐을 지켰다. 이 땅의 참된 민주주의를 위해 온몸을 던져 살아온 그의 삶이 떠오르면서, 나 자신이 한껏 작아지는 것 같았다. 현재의 편안함에 안주하려고만 하는 나 자신이 비겁하고 나약하게만 느껴졌다.

다음 날 아내와 함께 덕수궁 대한문 앞으로 조문을 갔다. 분향소는 길바닥에 차려져 있고, 인도와 차도의 경계를 따라 경찰차가 두껍고 길게 벽을 치고 있었다. 분노가 치밀었다. 독재를 한 것도 아니고, 축재蓄財를 한 것도 아닌, 사람 사는 세상을 만들기 위해 헌신한 한 나라의 대통령을 그런 식으로 조문할 수밖에 없다는 사실이 너무나 서글펐다.

조문 온 사람들이 무척 많았다. 사람들이 만든 줄은 지하철역 출입구를 타고 내려가 그 안에서 몇 번을 구부리고, 그것도 모자라 다시 대각선에 있는 반대편 출입구를 타고 올라가 미국 대사관 앞까지 이어졌다. 지하철역 안은 몹시 더웠다. 들리는 이야기로는, 지하철역 관리소에서 아직 정해진 때가 되지 않아 냉방기를 틀지 않는다고 하였다. 그래도 사람들은 질서정연했다. 자원봉사 하시는 분들은 물병을 가져와 조금씩 물을 나눠주었다. 남녀노소 가릴 것 없이, 그렇게 조문하는 사람들의 순수하고 진지한 얼굴을 바라보면서, 울컥한 마음에 눈물이 다 나오려고 하였다. 4시간 정도 기다려 우리 분향 차례가 왔다. 영정 사진을 바라보니, 금방이라도 그가 사진 밖으로 나와 다정스런 말을 시원시원하게 해줄 것만 같았다.

분향을 마치고, 집이 있는 수서역 부근의 조그만 막걸릿집에 들어갔다. 아내와 막걸리를 한두 잔 마시다가, 아내에게 "이제 검사를 그만두어야겠다"고 말했다. 난 그전부터 부자연스러운 환경으로 가득 찬 도시 생활과 살아남기 위해서 때로는 자신의 고유한 가치를 포기해야만 하는 조직 생활에 염증을 느끼고 있었다. 마음 한편에서는 소심한 마음에, 가능하면 고향인 청주에 가 근무하다가 그곳에서 변호사 개업을 하려고도 했다. 그러면 전관 혜택을 조금이라도 누릴 수 있기 때문이다. 그러나 고 노무현 전 대통령이 내가 몸담고 있는 조직에서 수사를 받던 중 서거하신 마당에, 더이상 머뭇거릴 이유가 없었다. 그깟 전관 혜택 때문에 이미 마음이 떠난 곳에 계속 남는다는 것은 너무나도 비겁한 일로 생각되었다. 아내도 긴 말 하지 않고, "당신이 원하면 그렇게 하세요"라고 했다. 그해 7월초 여름 정기인사를 앞두고 사직서를 내고, 8월 1일자로 퇴직이 처리되었다. 10년

5개월의 검사 생활은 그렇게 끝났다. 이후 바로 개업을 하지 않고, 3주간 전북 부안에 있는 변산공동체에 가 농사를 짓고, 경북 문경에 있는 정토수련원에 가 100일간 출가하여 행자생활을 하면서 스스로를 돌아보았다.

고 김대중 전 대통령 이전의 우리 대통령들은 국민들과 거리를 두고 거기서 생기는 신비감(상당수의 사람들은 이를 '카리스마' '권위'라고 잘못 해석한다)을 이용하여 통치하였다. 겉으로는 민주주의, 정의를 말하면서도, 뒤에서는 권력기관을 이용하여 고문과 같은 불법적인 방법으로 반대파를 탄압하고, 부정선거를 자행하고, 언론을 장악하면서 국민의 기본적 인권을 짓밟았다. 권력의 내부를 잘 알지 못하는 국민들은 권력자가 일방적으로 제공하는 정보만을 믿고 그저 순종할 따름이었다. 그들이 국민들에게 밥을 먹게 해주었다는 생각에, 지금까지도 그들을 그리워하는 사람들이 있을 정도다.

이에 반해, 고 노무현 전 대통령은 '바보스럽게도' 다 드러냈다. 집권 당시 '청와대 브리핑'이라는 홈페이지를 통해, 정책의 수립과 집행과정을 가능한 한 투명하게 공개했다. 매일 청와대 대변인이 기자들을 상대로 국정 주요현안에 대해 질문을 받고 답을 해주었다. 검찰, 경찰 등 권력기관을 사유화하지 않았고, 언론과 재벌과도 뒷거래를 하지 않고, 티격태격 싸우며 정면으로 맞섰다. 그러니 신비감이 있을 리 없다. 그것을 두고 사람들은 그에 대해 '대통령답지 못하다' '권위가 없다'는 등으로 깎아내렸다.

그러나 그는 결코 바보가 아니다. 내가 보기에 그는 대단한 혁명가다. 대한민국 곳곳에 뿌리 깊게 박혀 있는 위선과 불합리한 권위를 떨어내려 한 혁명가였다. 나도 가끔 그의 거친 표현에 거부감이 생긴 적이 있지만, 가만히 생각하면 '대통령은 이러이러해야 한다'는 고정관념에 빠진 내가 문제인 경우가 많았다. 혹자는 그에 대해 준비되지 않은 사람이 대통령이 되어 나라를 망쳐놓았다고 한다. 그러나 그의 연설을, 그의 글을 처음부터 끝까지 가만히 듣고 읽어본 사람이라면, 우리 정치인들 가운데 그만한 통찰력을 가진 사람이 얼마 되지 않는다는 것을 알 수 있을 것이다.

『칼의 노래』『남한산성』을 지은 소설가 김훈씨가 홍세화씨와의 대담에서 고 노무현 전 대통령에 대해 다음과 같이 말한 적이 있다.

전 대학 졸업을 못 했어요. 영문과를 다니다가 중퇴를 해버렸는데, 그리고 다시는 대학에 들어가지 않았고. 내가 그때 학교를 그만둔 것은 돈이 없어서였어요. 등록금이 없어가지고. 그런데 지금 밥 얘기를 더 하자면, 밥을 먹는 세상을 만들어 놨는데 그 과정에서 우리는 수많은 악과 억압을 저질러가지고, 그것이 지금 우리 사회 바닥에 깔려 있는 것이에요. 야, 밥을 먹는 것에 대한 무서운 대가가 바로 그거였구나 하는 것을 알게 되었죠. 노무현 대통령은 아마 우리가 밥을 먹는 과정에서 벌어진 구조적인 악들에 도전했다가 참패하신 것 같아요. 그분이 참패한 것은 참 안타까운 일이지만, 그것을 개조하고 거기에 도전하는 일은 차기 정권의 누가 대통령이 되더라도 계승해나갈 수밖에 없는 일이라고 생각해요. 근데, 박정희, 이승만 이후로 깔려버린 구조화된 악과 억압이라는 것은 정말로 만만치가 않은 것이죠. 노 대통령 같은 낭만주의나 대중주의, 혹은 민주주의의 힘으로도 그것은 부술 수가 없는 훨씬 더 뿌리 깊고 강한 구조적인 것이 아닌가 그런 생각을 종종 하게 되었어요. 이만큼 생각한 것도 나로서는 상당히 사고가 진보된 것이죠. 그 전에 그런 생각 안 했어요.

한겨레(2007년 5월 15일자)
'탐색전 없이 득달같이 '일합', 글쓰기란……'

김훈씨의 말처럼, 고 노무현 전 대통령의 혁명은 그의 비극적인 죽음이 상징하듯 '참패'한 것처럼 보이기는 한다. 노 대통령 이후의 집권세력이 노 대통령이 그토록 타파하고자 했던 '위선' '억압' '일방' 쪽으로 가고 있는 것을 보면, 더욱 그러해 보인다.

그러나 꼭 '참패'만으로 볼 것은 아니다. 노무현 대통령을 생래적으로 싫어하는 이들이 적지 않지만, 반대로 그의 인간됨을 사랑하고, 그의 정치적 소신을 믿고 따르는 사람 또한 무척 많다. 노 대통령이 돌아가셨을 때 500만이나 되는 사람들이 조문을 했다. 노 대통령은 이들의 가슴속에 그대로 살아남아, 민주주의가 무엇이고, 민주주의는 어떻게 해야 하고, 또 어떻게 지켜내야 하는지를 열정적으로 말하고 있다. 언젠가는 이 뜨거운 가슴들이 이 땅에 진정한 민주주의의 꽃을 피울 것이다. 김대중 대통령은 현 정권의 반대로 노 대통령의 영결식에서 하지 못한 추도사에서 이렇게 말하셨다. "우리가 깨어 있으면 노무현 대통령은 죽어서도 죽지 않은 것이다".

난 1992년 12월, 14대 대통령 선거를 앞두고, 서울 신림동에 있는 관악산 입구 광장에서 노무현 전 의원(이때는 국회의원이 아니었다)이 연설하는 것을 처음 보았다. 김대중 민주당 대통령 후보에 대한 지지를 호소하는 것이었다. 당시 노무현을 비롯해 여러 국회의원들이 연사로 나섰는데, 그 가운데 노무현은 으뜸이었다. 나로서는 처음 보는 대단한 연설이었다. 다른 이들의 연설이 무미건조한 반면, 그는 무척이나 격정적이었다. 청중들의 마음을 그대로 사로잡는 듯했다. 5공 청문회에서의 활약, 3당 합당 반대 등을 통해서 이미 정치인 노무현의 민주주의에 대한 소신을 알고 있던 터에, 그의 격정적인 연설을 현장에서 목격하고 난 후, 난 소리 없이 그의 열렬한 팬이 되었다. 민주주의뿐만 아니라 인생에 있어서도, 그는 김대중 대통령과 함께 나의 스승이 되었다. 두 분이 집권하는 동안, 검사 생활을 할 수 있었던 것이 나에게는 큰 행복이었다.

검사를 그만둔 후, 얼마 지나지 않아, 창당준비중이던 국민참여당에 가입하였다. 노무현 대통령의 정신을 계승한 정당에 당비라도 내고 싶었다. 검사를 그만두어, 정당에 가입할 수 있는 자유를 갖게 된 것이 새삼 신기했다.

바보 노무현
빈소를 찾은
사람들

고 노무현 전 대통령
봉하마을에서

아버지를 죽인 사람의 편지

전주에서 검사로 일할 때였다. 주말 당직을 서고 있는데, 경찰서에서 변사사건 발생 보고서가 올라왔다. 변사란 자연사에 반대되는 개념으로 뜻밖의 죽음을 말한다. 피살, 교통사고 사망, 실족사, 익사, 돌연사 같은 것들이 이에 해당한다. 변사체가 발견되면, 검사가 직접 또는 사법경찰관을 통해 사체를 검시하여 사인을 밝힌다. 필요하면 부검까지 한다. 검시 결과, 범죄의 의심이 있으면 수사를 개시한다. 검사가 검시를 하기 전에는 유족이라 하더라도 함부로 사체에 손을 대거나 이를 옮길 수 없다. 잘못하면 검시방해죄로 처벌받는다.

경찰의 보고서 내용은 아들이 아버지의 목을 졸라 죽였다는 것이었다. 보통의 경우라면, 당연히 구속하여야 할 사안인데 경찰은 불구속 수사를 하겠다고 하였다. 사체를 직접 살펴보기 위해 시신이 안치된 병원으로 갔다. 사체의 목에 손으로 졸린 흔적이 뚜렷했다. 경찰에게 불구속 수사를 하려는 이유를 물어보니, 동기에 참작할 점이 있고 도망할 것 같지는 않다는 것이었다. 그러나 살인사건 피의자의 경우 정서가 매우 불안하여 앞으로 어떤 행동을 할지 모른다. 또 피의자는 아버지를 목졸라 죽인 것을 숨기고 장례를 치르려고 하다가, 아버지와 내연관계에 있던 여자가 피해자의 목에 난 흔적을 보고 경찰에 신고하는 바람에 사건이 발각됐다. 이런 사정을 고려하여 경찰에 구속 수사를 지휘했다.

사건이 검찰에 송치된 후 내게 배당되었다. 피의자는 범행을 다 자백하였고 반성의 빛이 역력했다. 피의자의 부모는 피의자가 11살 때 이혼하였다. 피의자의 아버지는 여자들을 수시로 바꾸어 만나고, 술을 지나치게 많이 마셨다. 술에 취하면 비정상적인 행태를 보여 주변 사람들을 매우 힘들게 했다. 경제적으로도 가족을 부양할 만한 의지나 능력을 전혀 보여주지 못했다.

피의자는 그런 아버지에 대하여 커다란 불만과 함께 연민의 정을 품고 있었다. 사건 발생 직전에 아버지 집에 찾아갔다가, 아버지와 동거를 하고 있던 여자와 대화를 나누면서 모정을 느꼈다. 그때까지 피의자는 어릴 적 집을 나간 어머니와 전혀 연락이 되지 않았다. 피의자는 전보다 자주 아버지 집에 가면서, 아버지의 알코올중독 치료를 위해 한 병원에 입원시켰는데, 6일 만에 퇴원했다. 아버지의 몸 상태가 워낙 좋지 않아, 육체치료가 먼저라는 이유에서였다.

병원에서 돌아온 날 저녁, 아버지와 같이 사는 여자로부터 전화가 왔다. 아버지가 술을 마시고 소란을 피운다는 것이었다. 아버지

집으로 가 다시 술에 취한 아버지를 보고 평소의 불만이 일어났다. 아버지는 술이 더 들어가면서 평소 불만이 있던 사람들을 들먹이며 상스러운 욕을 하기 시작했다. 그것을 제지하는 피의자의 뺨을 때리기까지 했다. 피의자는 아버지를 말려 간신히 잠을 재웠다. 잠든 아버지를 한참 바라보다가, '아버지가 술에 취해 주변 사람들을 힘들게 하고 그 때문에 사람들로부터 미움을 받고 사느니, 차라리 돌아가시게 하는 게 낫겠다'는 생각에 아버지의 목을 졸랐다.

피의자를 조사하고 있노라니, 자꾸만 나의 성장 시절이 떠올랐다. 우리 아버지도 정도의 차이는 있을망정 술을 자주 마시고 가족들을 힘들게 하였다. 어머니에게 상스러운 욕도 하고, 종종 밥상을 엎기도 하였다. 밥상이 엎어지면서 간장국물이 벽에 튀어 그 자국이 다음 도배할 때까지 오래도록 남아 있었다. 고등학교 때 야간자습을 하고 밤늦게 집에 돌아오며 멀리서 마당 불이 켜진 우리 집을 바라보면, 나도 모르게 마음이 불안해졌다. 아버지가 또 술 드시고 시끄러운 것은 아닐까? 언젠가는 아버지의 소란으로 공부를 할 수 없어, 들판에 있는 농막으로 가, 종이박스로 바람을 막고 촛불을 켜고 공부를 한 적도 있었다. 난 아버지가 무척 미웠다. 가끔은 아버지도 아니라고 생각했다.

비슷한 경험을 한 피의자에게 동병상련을 느꼈나보다. 조사를 하는데 눈물이 나오려고 하였다. 피의자 앞에서 눈물을 보일 수는 없었다. 자리에서 일어나 피의자를 등지고, 창밖을 바라보며 자꾸만 솟구치는 울먹한 감정을 달랬다. 마음 한편으로는 피의자는 없는 형편에도 아버지 치료를 위해 병원에 보내기도 하였는데, 난 아버지를 위해서 한 것이 무엇이 있나 하는 자책감도 들었다. 피의자는 한참 동안 창밖만 바라보고 있는 나를 보고 무슨 생각을 하였을까. 감정이 진정된 다음 자리에 앉아, 피의자에게 '나도 어린 시절에 그와 유사한 환경에 있었다'는 말을 하였다.

피의자가 자백을 하니 수사는 정상관계에 초점을 두고 이루어졌다. 피의자의 작은아버지와 피해자 동거녀를 소환하여 조사했다. 이들은 죽은 피해자에게 문제가 많았다면서 피의자에 대한 선처를 호소했다. 수사를 다 마치고 구형량에 대해 고민했다. 범행동기에 참작할 만한 사정이 많다 하더라도, 자신을 낳아준 아버지를 죽였고 서둘러 장례를 치러 범행을 은폐하려고 했던 것을 고려하지 않을 수 없었다. 공판카드(공판검사가 공판 과정에서 참조할 내용을 적은 것) 구형란에 징역 15년이라고 적었다.

재판이 진행되던 중, 법률신문의 한 칼럼에서 참고할 만한 내용을 발견했다. 소녀가 아버지의 행패를 견디다 못해 아버지를 죽이려고 돌로 내리쳤다가 미수에 그친 사건이었는데, 이에 대해 검사가 기소유예(형사사건에 대해 범죄의 혐의는 인정하나 여러 정황들을 참작하여 재판을 청구하지 않는 것) 처분을 내렸고 이 검사의 판단을 용기 있는 결정이라고 한 것이다. 이를 복사하여 재판부에 제출했다. 어느 날 공판검사로부터 구형량을 좀 깎자는 연락이 와, 서로 상의하여 10년으로 낮추었다. 통상적으로 검사가 수사를 하면서 재판까지 일일이 참석할 수 없어, 사건을 수사하여 기소하는 검사와 공판(형사재판)에 참여하는 검사가 따로 있다. 공판 과정에서도 피고인(수사 과정에서는 피의자라고 호칭하고, 기소 후에는 피고인이라고 함)의 정상이 유리하게 참작되는 모양이었다.

기소를 한 후에도 피고인에 대한 미련이 남았는지, 자꾸만 생각이 났다. 피고인으로부터도 편지가 꾸준히 왔다. 불교서적을 넣어주고 『월간 불광』이라는 잡지를 정기구독 시켜주었다. 추석을 앞두고 간단한 편지와 함께 상품권 몇 장을 보냈다. 피고인이 구속된 후 밖에 있던 그의 아내가 둘째를 낳았는데, 아기 옷이라도 사 입히라고 했다.

1심에서 징역 5년이 선고되었다. 피고인은 항소심 재판을 위해 광주교도소로 가게 되었다. 광주로 가면 다시 보기 어려울 것 같아 피고인을 불렀다. 피고인은 5년형을 받은 재판이 잘못된 것으로 되는 줄 알고 불안했다고 하였다. 난 아버지를 죽인 업은 아무리 많은 반성을 해도 쉽게 없어지지 않는다, 아니 불가능할지도 모른다고 얘기하면서 그래도 그 업을 조금이라도 가볍게 하려면 수행하는 마음으로 진지하게 반성해야 한다고 했다. 광주에 가 잘 지내라고 했더니, 피고인은 나의 안부를 더 걱정해주었다. 그리고 자신이 형을 마치고 밖으로 나가게 되면, 내 카디건을 하나 사주겠다고 했다. 조사를 받으면서 팔꿈치에 난 구멍을 보았다고 했다. 피고인은 광주로 가서도 계속 편지를 보내왔다.

맑은 날 파란 하늘이 너무 보기 좋네요. 이런 좋은 모습을 그늘진 이곳에서 바라본다는 것이 한없는 아쉬움으로 남지만 모두가 제 탓인 것을 누굴 원망하겠습니까?

오랜만에 소식 전하네요. 별일 없이 건강하시죠?

재판이 다 끝났습니다. 알고 계신지 모르겠으나 형량은 1심 때 그대로고요. 이리 될 줄 예견하였고 맘 또한 그리 다졌는데 막상 현실로 접하고 보니 작은 일렁임을 느꼈습니다. 제 자신 겉으로만 태연한 척했나 봅니다.

집사람에게서 받은 편지 한 통으로 힘이 납니다. 얼마 전까지 처갓집에서 생활을 했었는데, 아이들 자기 힘으로 키우겠다며 처가의 만류 속에 나왔답니다. 아이들 걱정하지 말고 그 시간 뉘우치며 건강하게 보내길 바란다는 글귀에 시선은 쉬 움직일 수 없었습니다. 걱정되는 맘 한이 없지만 그 사람 성격을 알기에 잘 이겨내리라 믿습니다. 이루 말할 수 없을 만큼 괴로울 텐데 오히려 그 사람이 있어 저란 사람 그리 불쌍하지만은 않다는 생각이 들어 가슴 한켠이 따뜻해집니다.

피고인은 광주에서 서울구치소로 옮긴 후에도 편지를 보내왔는데, 자신의 잘못을 참회하는 마음이 잘 나타나 있는 부분을 소개해 본다. 형기를 1년 정도 남기고 온 편지다.

새해가 밝아 며칠이 흘렀습니다. 다진 마음 아직 변하신 건 없으시죠. 원하는 것 모두 이루어지시길 바랍니다.

떠나간 지난해로 다 잊었습니다. 아니 잊으려고 노력하고 있습니다. 슬퍼하고 자학하기엔 아이들이 너무 가여워서요. 웃을 겁니다. 이젠 그러고 싶습니다.

며칠 전 생각지도 못했는데 집사람이 아이들과 함께 이곳까지 면회를 왔어요. 얼마나 행복했던지. 사랑스러워, 그래서 미안한 그 모습에 솟는 눈물 참고 또 참았습니다. 그 사람들이 있어 지난해로 다시 시작해야 할 것 같습니다. 며칠 차이인데 이리도 마음이 틀리네요. 비단 면회 와서 그런 것만은 아닌 듯싶어요. 마음을 어찌 먹느냐에 따라 이렇게 피고인은 무사히 형을 마쳤다. 교도소에서 나와 내게 전화를 걸어왔다. 자못 감격해 하는 분위기였다. 고생 많았다고 말해주었다. 정서적으로나 경제적으로 어려움이 많겠지만, 바탕 마음이 착해 잘 살 것이라고 믿는다.

재작년 백일출가 때, 수십 명의 행자들이 모여 있는 가운데 유수 스님을 모시고 즉문즉답 시간을 가졌다. 내가 질문했다. 자라온 환경을 말하면서, 어렸을 때부터 아버지에 대한 미움이 강했고 지금까지도 계속 남아 있다고 하였다. 스님은 아버지를 미워하는 사람이 어떻게 고위공직자로서 제대로 일을 할 수 있느냐고 했다. 그런 사람은 사업을 해도 잘 되지 않는다고 하였다. 아버지에 대해 참회의 기도를 하라고 했다. "아버지, 내가 잘났다는 마음에 아버지를 미워하고 원망했습니다. 아버지, 얼마나 힘드셨습니까. 참회합니다"라고. 스님의 말씀을 듣고 부끄러움에 얼굴이 후끈했다. 그러면서도 뭔가 문제를 해결할 단서를 찾은 것 같은 느낌이 들었다.

오랜 기간 아버지와의 관계에서 내게 잘못이 있다는 생각은 거의 한 번도 해보지 않았다. 아버지와 나 사이, 아니 가정에서 생기는 모든 문제의 근원은 아버지의 게으름과 과음 때문이라고만 생각하였다. 그러면서 아버지를 무시하고 쌀쌀맞게 대하였다. 몇 번은 아버지에게 살가운 마음으로 다가가려고 한 적이 있지만, 그것도 기본적으로는 그렇게 하면 아버지가 바뀌지 않을까 하는 기대 때문이었다. 정말로 아버지에 대한 미움의 원인이 내게 있다는 생각은 하지 못했다.

아버지는 이 '잘난' 아들이 자신을 미워하고 차갑게 대하는 것이 얼마나 부담스러우셨을까. 아버지가 나를 괴롭게 하기 위해 일부러 술을 드시고 일을 게을리하는 것은 아닐 것이다. 아버지는 전부터 쌓여온 업의 지배를 받고 있을 뿐이다. 아버지도 나름대로 이 업의 굴레에서 벗어나기 위해 애를 쓰고 있다. 그런데도 난 아버지에게 내가 바라는 대로 해줄 것을 은연중 강요해왔다. 바라는 기준에 미치지 못하면 미워하고 무시했다. 스님은 나의 이런 태도가 아내와 아이들까지 힘들게 한다고 했다. 스님은 아버지뿐만 아니라 아내와 아이들에게도 참회하라고 하였다. 모든 문제의 근원이 나 자신에게 있다는 것을, 처음으로, 몸서리치게 깨달았다.

백일출가를 마치고 시골집으로 가 아버지에게 삼배를 올렸다. 절을 하면서 그동안 어리석은 마음에 아버지를 미워한 것에 대해 참회했다. 아버지에 대한 미움이 조금은 풀리는 기분이었다. 아버지에 대해 억압된 마음은 30년 이상 쌓인 것이라, 하루 이틀 만에 다 사라지지는 않을 것이다. 그래도 방향은 잡은 느낌이었다. 그 이후에도 아버지에 대한 미움이 계속 올라오기는 하였지만, 전과 달리 그 미운 마음을 바라볼 수 있게 되었다. 미움이 올라올 때 이것을 억압하기보다는 가만히 바라보면서 그 미움이 아버지 때문이 아니라 내 욕심 때문이라는 사실을 되새기곤 한다.

두 달 전 아버지가 병원에 입원하셨다. 의식도 없이 중환자실에 야윈 몸으로 누워 계신 것을 바라보면서 불쌍하다는 생각과 함께 참으로 죄송한 마음이 들었다. 평생 아버지에게 따뜻한 마음 한 번 보여주지 못한 것이 무척 후회스러웠다. 다행히 아버지는 의식을 회복하고 2주 만에 퇴원하셨다. 앞으로는 자주 찾아가 뵈어야겠다. 아버지에 대한 참회는 지금도 계속하고 있다.

모든 문제의 근원이
나 자신에게 있다는 것을,
내 욕심에 있다는 것을……

서울중앙지검 외사부 검사로 있을 때, '검토리'로부터 인터뷰 요청이 왔다. '검토리'는 대검찰청에서 운영하는 블로그로, 검찰이 하는 일, 검사가 갖고 있는 생각 등을 알려 검찰을 멀게만 느끼는 시민들에게 좀더 가까이 다가가고자 만든 것이었다. 검토리에서는 한 달에 한 번씩 검사를 인터뷰해 실었는데 내게도 요청이 온 것이다.

외사부는 외국이나 외국인과 관련된 사건을 수사하는데, 관세포탈, 국외재산도피, 출입국 관련 범죄, 미군범죄 등이 주된 대상이다. 내가 외사부에 있으면서 수사한 주요사건은 국내 여성들을 호주로 보내 성매매에 종사하도록 한 사건, 한국수력원자력 간부들이 원자력발전소에 부품을 공급하는 미국기업으로부터 부정한 금품을 받은 사건, 선박회사가 국내 유수 해운사와 용선계약을 한 것처럼 서류를 위조한 후 이를 금융기관에 담보로 제공하고 선박구입자금 명목으로 1,000억원대 금원을 편취(남을 속여 재물이나 이익을 빼앗음)한 사건, 미군 피엑스에서 일하는 한국인들이 100억원대 피엑스 물건을 몰래 반출한 사건 등이다.

블로그 기자단과 함께 외사부 검사가 하는 일, 평소 검사로서의 경험 같은 것에 대해 이야기를 나누다가, 마지막으로 "검사님이 생각하는 '정의正義'에 대한 '정의定義'를 내려달라"는 질문을 받았다. 쉽게 대답이 나오지 않았다.

잠시 침묵이 흐르다가, 내 입에서는 "정의요? 글쎄…… 자연스러움? 필요할 땐 냉정하게 해야겠지만 그것이 항상 정의라고 생각하지는 않아요. 상황에 따라서 차가울 땐 차갑고 따뜻할 땐 따뜻한, 그런 것들이 잘 어우러져서 보기에 억지스럽지 않은 자연스러움이 정의라고 생각해요"라는 말이 흘러나왔다. 평소 자연스러운 것에 커다란 가치를 부여하다보니, '정의正義'에 대해서도 자연스러움을 붙이게 된 것이다.

'정의'를 '자연스러움'이라고 말하고 나니, 검사발령을 받은 지 얼마 지나지 않아 처리했던 사건이 부끄럽게 떠오른다. 사법시험에 합격하고 사법연수원에서 2년간 연수를 받았어도, 다른 직장의 신입사원과 마찬가지로 초임검사는 어쩔 수 없이 어설픈 구석이 있다. 새로운 사람들과 새로운 일을 익히는 것이 힘겨울 뿐 아니라 야근도 일쑤라 정신적으로 체력적으로 에너지 소모가 많았다. 그런 이유로 선배검사들은 막 발령을 받은 초임들에 대해 똥오줌을 못 가린다고 놀리기도 한다.

　이렇게 똥오줌을 못 가릴 때, 동네 구멍가게에서 청소년에게 담배를 판 사건을 처리하게 되었다. 피의자가 자백을 하였기 때문에 별다른 고민 없이, 검찰에서 만든 양형기준에 따라 벌금 100만원에 구약식救略式을 하기로 하고 피의자에게 통보했다.

　구약식이란 검사가 비교적 중하지 않은 사건에 대해 벌금을 구형하면서 약식재판을 청구하는 것으로, 피고인이 법정에 출석하여 재판을 진행하는 정식재판과 달리, 판사는 수사기관이 제출한 서류만 갖고 재판을 한다. 판사는 검사의 구형량에 기속되지 않고 벌금 액수를 올리거나 내릴 수 있고, 사안이 중하다고 판단하면 직접 정식재판에 회부할 수도 있다. 피고인도 판사가 서류만 보고 한 약식명령(벌금형)에 대해 불복이 있으면 정식재판을 청구할 수 있다.

　내가 초임 때만 해도, 검찰에서는 약식재판을 청구하기 전에, 미리 피의자에게 벌금액수를 통보하고 그것을 예납하도록 했다. 나중에 재판을 통해 벌금형이 확정되었을 때 집행을 확실히 하기 위해서였다. 당시는 검찰청마다 이 예납률을 높이기 위해, 사건을 바로 처리하지 않은 채 갖고 있으면서 피의자에게 주기적으로 예납을 독촉하였다. 예납률이 높은 검찰청이나 검사실에 대해서는 포상이 주어졌다. 또 예납이 이루어진 다음에 약식재판을 하면(약식공소장에 '예납필'이라고 적음), 판사도 대부분 피고인이 다투지 않는 것으로 여기고 검사가 구하는 벌금액수 그대로 발령했다.

　그러나 위와 같은 벌금예납제도는 법치주의에 크게 반한다. 사실상 약식사건에서 유죄판단과 벌금형량을 판사가 아닌 검사가 결정하는 꼴이 되기 때문이다. 검사가 기소도 하기 전에, 전혀 재판이 이루어지지 않은 상태에서, 벌금액을 징수하는 대단히 희한한 제도라고 하겠다. 행정편의주의, 억지스러움의 전형이라고 하지 않을 수 없다. 상당수 검사들이 위와 같은 불합리를 숱하게 제기하였으나, 대검이나 법무부에서는 이를 오랜 기간 유지하다가, 참여정부가 들어선 직후인 2003년에 이르러서야 이를 폐지하였다. 억지스러움도 익숙해지면 쉽게 바뀌지 않는 법이다.

벌금 100만원을 예납하라는 통지를 받은 구멍가게 주인이 검사실로 찾아왔다. 30대의 젊은 나이였다. 그는 사정이 어려우니 벌금 액수를 깎아달라고 하였다. 난 내 자의로 벌금액수를 정한 것이 아니라 검찰에서 만든 양형 기준에 따라 한 것이기 때문에 사정이 딱하더라도 그의 요청을 들어줄 수 없었다. 난 한 번 결정을 내린 것은 바꿀 수 없다고 말했다. 결정을 쉽게 바꾸면 검사의 '권위'도 서지 않는다고 생각했다. 그는 몇십 분에 걸쳐 집요하게 사정을 했는데, 나는 들어주지 않았다. 그는 마지막에 절벽을 만난 듯한 표정을 짓고는 검사실을 나갔다. 그가 구멍가게를 해 얼마나 벌 것인가? 그런 그에게 100만원이라는 액수는 커다란 부담이었을 것이다. 속으로 답답해졌다.

사건을 처리한 후, 선배검사를 만났을 때 이런 이야기를 하였다. 선배는 그런 정도의 사건이면 통상적으로 30~50만원 정도의 벌금을 부과한다고 했다. 그 말을 들으니 갑자기 얼굴이 후끈해졌다. 피의자에게 변경이 불가능하다고 최후통첩을 하기 전에 선배검사와 상의를 했더라면 좋았을 것이라는 뒤늦은 후회가 생겼다. 비록 양형 기준에 따라 한 것이라 하더라도 다른 검사실에서 하는 구형량과 크게 차이가 난다면 형평의 관점에서 문제라고 하지 않을 수 없다. 그런데 무엇보다도 나 스스로 부끄러웠던 것은, 그 피의자에게 예납 고지한 100만원을 깎아주지 않은 주된 이유가 양형기준보다는 '검사가 한 번 뱉은 말을 바꿔서는 안 된다'는 초임검사의 똥고집 때문이라는 점이다. 이미 법적으로 처분을 한 것이 아니라 벌금예납을 고지한 것일 뿐이니 사정에 따라 얼마든지 변경이 가능한데도 말이다. 사실 사회생활을 막 시작한 초임검사가, 책을 통해 익힌 법률지식은 많더라도 세상물정을 얼마나 알 것인가? 그렇게 어설픈, 어찌 보면 억지스러운 고집이 정의실현에 커다란 장애가 될 수도 있다. 이 초임 때의 경험은 검사 시절 내내 머릿속에 남아 '정의란 억지가 아니라 자연스러움'이라는 것을 가르쳐주었다.

검사 6년차 때 보험사기 구속사건을 송치받아 수사하게 되었다. 여러 번에 걸쳐 고의로 자동차 사고를 내고 보험금을 탔다는 내용이었다. 짧은 기간 동안 여러 번에 걸쳐 사고가 난 점에 비추어 보험금을 타기 위해 의도적으로 사고를 낸 것으로 볼 여지가 많았다. 그러나 피의자는 강하게 부인했다. 자동차 사고의 상대방들도 피의자가 일부러 사고를 냈는지, 과실로 사고가 발생한 것인지 알 수 없는 상황이었다. 결국 증거는 비교적 단기간 내에 사고가 여러 번 일어났다는 사실밖에 없었다. 이것만으로는 피의사실을 의심의 여지없이 합리적으로 입증하기 어려웠다.

검찰에서 구속사건에 대해 무혐의 처분을 하는 것은 굉장히 예외적인 일로 취급되고 있다. 때로는 수사능력이 부족한 것으로 비추어져 치욕으로 느끼는 경우도 있다. 구속은 범죄의 상당한 혐의가 있고 도망이나 증거를 인멸할 염려가 있을 때에 하는 수사상 강제처분으로, 그 조건으로 반드시 유죄를 인정할 정도의 증거가 필요한 것은 아니다. 따라서 구속 후 수사를 통해 범죄의 혐의가 없는 것이 밝혀지거나 증거가 부족하면 얼마든지 무혐의 처분을 할 수 있는 것이다. 그런데도 검사들은 이미 당사자에게 돌이킬 수 없는 영향을 미친 구속이 잘못되었다는 비난을 받지 않기 위해, 구속의 정당성을 마지막까지 확보하려고 무진 애를 쓴다.

난 피의자를 강하게 추궁했다. 피의자의 자백이 아니고서는 유죄를 인정하는 데 필요한 입증이 불가능하다고 생각했다. 뻔한 사실을 부인한다는 생각이 들면서 화가 치밀기도 했다. 피의자가 주장하는 내용과 사고 관련 자동차의 사진이 다른데도 피의자는 그와 다른 주장을 했다. 어느 순간 나도 모르게 욕을 하고 말았다. 검사 생활을 하면서 두세 번 욕을 했는데, 이번이 그중 하나였다. 욕을 한 것에 대해 반성하는 마음이 생겼지만 그 자리에서 사과는 하지 못했다. 일단 피의자를 돌려보내고 다시 기록을 보니, 내가 자동차 사진을 잘못 이해했던 것을 알게 되었다. 부끄러움에 몸과 마음이 다 빨개지고 열이 났다.

며칠 후 피의자를 불러 욕을 했던 것에 대해 사과했다. 구속 기간이 다 되어 일단 피의자를 석방하고 계속 수사를 진행하였으나, 더 이상의 진전이 없어 결국 무혐의 처분을 했다. 완전 무혐의는 아니라고 생각되었기에 내 수사능력의 부족은 아니었는지 돌아보며 치욕을 조금 느꼈다. 그러나 어쩔 수 없었다. 강압적으로 계속 수사를 하거나 무리하게 기소하는 것보다는, 거기서 멈추는 것도 하나의 정의라고 스스로를 위로했다.

최근 선배 법조인 일부가 요즘 검사들의 수사의지나 능력이 옛날보다 많이 떨어졌다고 걱정하는 기사를 보았다. 그러나 난 이 의견에 별로 동의하지 않는다. 옛날과 지금의 수사환경이 너무나도 크게 바뀌어 수사결과만 놓고 바로 비교할 수는 없기 때문이다.

옛날에는 긴급체포가 피의자의 신병을 확보하는 주요수단으로 행해졌다. 긴급체포란 수사기관이 긴급한 상황에서 법원 판사의 체포영장 없이 피의자를 체포하는 것인데, 실제 긴급성의 요건이 갖추어지지 않았는데도 긴급체포를 남용하는 경우가 많았다. 또 중요사건의 경우 일상적으로 밤샘수사가 이루어졌다. 새벽까지 조사가 이루어지는데, 수사관들은 돌아가면서 조사를 하기 때문에 체력적인 여유가 있지만, 피의자는 전혀 잠을 자지 못한 채 혼자 대응해야 한다. 수사관이 윽박지르거나 모욕적인 언사를 하는 것도 다반사였다. 피의자는 새벽이 되면 거의 탈진상태에 이르게 되는데 이 무렵에 더는 버티지 못하고 자백을 많이 한다. 옛날에 잘나간다고 이름을 날린 검사들 가운데 상당수는 위와 같은 방법으로 실적을 쌓았다고 들었다.

그런데 요즘은 긴급체포가 아주 예외적으로 이루어진다. 피의자에 대한 조사도 원칙적으로 밤 12시 안에 마쳐야 하고, 그 이후 조사를 계속하려면 피의자의 동의는 물론 검찰 내 인권담당관의 허락을 받아야 한다. 윽박지르거나 모욕적인 언사도 거의 할 수 없다. 피의자의 자백보다는 과학수사 등 다른 방법으로 증거를 확보하는 것이 중요하게 되었는데, 이것이 만만치 않다. 이런 수사여건이라면 당연히 옛날보다 수사실적이 떨어질 수밖에 없다. 수사의지가 옛날보다 약화된 것이라면 반성하고 분발하여야 하겠지만, 수사여건의 변화로 인한 실적 저하는 어느 정도까지는 감수하여야 한다. 옛날 억압적인 수사의 '화려한' 실적보다는, 결과가 조금 부족할지라도 전보다 민주적이고 자연스러워진(만족할 만한 수준은 아니어도) 오늘날의 수사가 훨씬 더 정의에 부합한다고 생각한다.

과거 전두환 정권은 '정의사회 구현'을 국정이념으로 삼았다. 그런데 그들은 집권 과정에서 광주시민들을 학살하고, 지극히 비민주적인 방법으로 삼청교육대를 운영하여 무고한 시민들의 인권을 유린하였다. 집권기간에도 반체제 인사들에 대한 불법체포와 감금, 고문 등으로 정권을 유지하였다. 이러고도 그들은 '정의사회'라고 강변했다. 억지도 보통 억지가 아니다.

지금 이명박 정권도 '공정사회'를 국정의 주요이념으로 주장하고 있다. 그런데 실상은 어떤가. 집권 4년차에 들어선 이명박 대통령은 이제까지 제대로 된 기자회견을 한 번도 하지 않았다. 대통령이나 정부가 무슨 생각을 하고 있는지, 물어도 대답이 없다. 아니 물어볼 기회조차 주지 않는다. 지난 참여정부가 매일 청와대 대변인을 통해 언론사를 상대로 브리핑을 하고 질문에 답을 하던 것과 크게 대비된다. 오죽하면 친 이명박 신문인 조선일보조차도 2011년 1월 29일자 "대통령 취임 3년에 진짜 기자회견 몇 번 있었나"라는 제목의 사설을 통해 "보다보니 별 희한한 국민 소통을 다 보겠다"라고까지 하였다. 이명박 정부는 이처럼 국민과의 소통은 무시한 채 혼자서 꿋꿋하게 제 길을 간다. "내가 옳으니 국민들은 따라만 오라"고 한다. 그렇게 부자감세를 하고, 모욕 주기 수사를 통해 전 대통령을 죽음으로 몰아넣고, 수십조원이 드는 4대강사업을 밀어붙인다. 그러고도 공정사회라고 우긴다. 오만도 보통 오만이 아니다.

어제 정신과 의사인 친구를 만났다. 그는 내게 '자기실현'과 '자아실현' 중 어느 말이 맞는 것 같냐고 물었다. 잠시 생각해보아도 알 수 없었다. 친구는 '자아ego'는 스스로에 의해 의식되어지는 나이고, '자기self'는 의식되지 않고 있는 나라고 하였다. 따라서 아직 의식하지 못하고 있는 나(자기)를 알아간다는 의미의 '자기실현'이 맞는 말이라고 하였다. 그러면서 그는 무의식세계에 있는 '자기'는 무궁무진하여 결코 다 알 수 없다고 하였다. 그 사실을 자각하면서, 있는 그대로 바라보는 것이 중요하다고 하였다. 겸손한 마음으로 나 자신과 세상을 보라는 말일 것이다.

내가 옳다는 생각을 내려놓고, 세상을 있는 그대로 바라보려고 하는 자연스러움이야말로 내 안에서, 그리고 사회 속에서 정의를 실현하는 가장 바람직한 태도라고 생각한다.

내가 옳다는 생각을 내려놓고
세상을 있는 그대로 바라보는 것
자연스러움……

1호 검사

2008년 6월 17일 서울중앙지방법원에서 관내 처음으로 국민참여재판이 열렸다. 그해 1월 관련 법률이 시행된 후 다른 지역에서 이미 여러 차례 국민참여재판이 열리긴 했지만, 서울중앙에서 하는 첫 재판이라 언론과 사람 들의 관심이 많았다. 난 이 재판에서 공판검사로 관여했다. 공판검사는 수사는 하지 않고 재판에만 관여하는데, 6개월에서 1년 정도 하면 다시 수사검사로 돌아간다. 영국연수를 마치고 서울중앙지검에 발령을 받았을 때 국민참여재판 전담검사 보직을 받았다. 서울중앙지검 첫 번째다. 법률 제정 후 몇 차례 모의재판을 하고, 미국 뉴욕에 가 직접 배심재판을 참관하는 등 나름대로 많은 노력을 기울였다.

현행 국민참여재판은 일반 국민이 형사재판에 배심원으로 참여하여 유·무죄에 대해 평결을 하고, 유죄로 평결할 경우 판사와 함게 양형에 관해 토의한 후 그에 관한 의견을 개진하는 방식으로 진행된다. 그런데 배심원의 평결이나 의견이 판사를 기속(얽어매어 묶음)하지는 않는다. 판사가 배심원의 의견과 달리 판단할 수 있는 것이다. 아주 오래전부터 배심제를 실시해온 영국이나 미국에서 오로지 배심원만이 유·무죄를 판단할 권한이 있는 것과 대비된다. 여기서 배심원의 결정에 기속력을 부여하지 않으면서도 국민참여재판을 하는 것은 낭비가 아니냐는 의문이 들 수 있다. 그러나 현행제도는 과도기적 형태다. 법률제정에 관여한 사람들은 5년간 제도를 시행하면서 배심재판 훈련을 하고, 그 과정에서 우리에게 가장 적합한 형태의 국민참여재판 제도를 찾아내 본격적으로 시행하기로 하였다. 올해가 4년째이니 내년이면 어떤 형태로 할지가 결정된다. 그 형태가 어떠하든, 배심원의 판단에 당연히 기속력을 인정해야 할 것이다.

이날 재판의 대상이 된 사건은, 술에 취해 망치를 들고 자신과 동업을 하는 사람 부부가 머물고 있던 여관에 찾아가 망치로 동업자의 아내 머리를 두 번 내리친 살인미수 사건이었다. 피해자는 피가 많이 나고 망치로 맞은 머리뼈 부분이 내려앉는 골절(함몰골절)을 입었지만, 다행히 목숨은 건지고 의식도 돌아왔다.

본 재판을 하기에 앞서 준비절차를 진행하여 쟁점을 정리하는데, 그 자리에서 변호인은 피고인이 망치로 피해자의 머리를 내리친 사실은 인정하지만, 술에 만취하여 사건 당시 사물을 변별하거나 의사를 결정할 능력이 없었기 때문에 무죄라고 주장했다. 위와 같은 능력이 전혀 없는 것을 '심신상실心神喪失'이라고 하는데 이 경우에는 범죄가 성립하지 않고, 그 능력이 미약한 경우(심신미약)에는 형을 감경하는 사유가 된다(형법 10조 1항, 2항).

형사책임은 원칙적으로 '자유로운 의사'에 의해 범죄를 저질렀을 때에만 물을 수 있다. 아주 어린 아이나 중증의 정신질환을 앓고 있는 사람들은, 자신의 행위가 객관적으로 어떤 결과를 가져오고 그에 대해 사회적으로 어떤 비난이 가해지는지를 제대로 알지 못한다. 그들의 의사가 어린 나이나 정신병에 의해 제한을 받아 자유롭지 못한 것이다. 따라서 이들의 행위에 대해서는 형벌을 부과할 수 없고, 다만 재범의 위험성이나 치료의 필요성이 있을 경우에 형벌이 아닌 치료감호 등의 보호처분을 한다.

술에 만취하면 이성을 잃게 되어 어린 아이나 정실질환자의 능력과 비슷한 수준이 될 수 있는데, 그러면 이 경우에도 심신상실이나 심신미약을 이유로 무죄가 되거나 형을 감경하여야 하는지가 문제된다. 평소 알코올중독에 빠져 그것이 정신병적 수준에 이르렀다면 무죄나 형 감경사유가 될 수 있다. 그러나 그런 정도에는 이르지 아니하고, 평소 술을 마시면 난폭한 성향을 보이는 사람이 술을 마시고 저지른 행위라면 거기에 해당하지 않는다. 그런 경우는 법에 어긋나는 행위를 할 수도 있다는 것을 '예견'하고 스스로 술을 마시고 심신장애의 상태에 빠졌기 때문에 자유의사가 전혀 없다고 볼 수 없기 때문이다. 이런 상태에서 저지른 행위를 '원인에 있어서 자유로운 행위'라고 하는데, 형사적으로 처벌된다(형법 10조 3항).

통상의 재판이라면 변호사가 위와 같이 무죄를 주장하더라도 별로 걱정이 되지 않는다. 술에 만취하여 저지른 범죄에 대해 형을 감경하는 경우는 있지만 무죄를 선고하는 경우는 거의 없고, 법률전문

가인 판사가 무죄주장은 '알아서' 받아들이지 않기 때문이다. 그러나 일반 시민이 배심원으로 참여하는 재판에서는 사정이 크게 다르다. 변호인은 배심원들에게 앞서 본 바와 같이 형법 10조 1항, 2항의 규정을 거론하면서, 이 사건 당시 피고인은 술에 심하게 취하여 사물을 변별하거나 의사를 결정할 능력이 없었기 때문에 책임도 없어 무죄라고 주장할 것이다. 검사는 반대로 피고인이 이 사건 당시 위와 같은 능력이 있었고, 설사 그런 능력이 없었더라도 '원인에 있어서 자유로운 행위'라 형사처벌의 대상이 된다고 주장해야 한다. 그런데 법에 대해 전문지식이 없는 배심원들을 상대로 위와 같은 법리를 이해시키는 것이 상당히 어렵게 느껴졌다.

공판부에 있는 검사들 앞에서 한 차례 리허설을 하였다. 미국검사들도 배심재판에 앞서 이렇게 연습을 한다고 한다. 리허설에는 우리나라에 파견되어 연수를 받고 있던 일본검사도 참관을 했다. 이 검사는 본 재판도 참관했다.

재판 당일, 먼저 배심원 선정절차에 들어갔다. 배심원의 수는 법정형이 사형·무기징역에 해당하는 사건은 9명, 그외 사건은 7명이다. 우리 사건은 살인미수로서 법에 정한 형에 사형·무기징역이 있기 때문에 배심원을 9명 뽑아야 했다. 배심원은 그날 소환된 50~60명(재판장의 권한으로 사정에 따라 증감한다)의 배심원 후보자 가운데 선정한다. 배심원 후보자는 법원장이 매년 행정자치부장관으로부터 관내 20세 이상의 사람들 가운데 일정한 수의 주민등록자료를 받아 만든 배심원 후보 예정자 명부 중에서 무작위로 추출한다.

선정절차는 배심원 후보자들에 대해 사적으로 예민한 질문이 나올 수도 있어 비공개로 진행한다. 국민참여재판에서는 증거조사나 의견진술 못지않게, 선정절차가 무척 중요하다. 어느 배심원 한 명이 검사에 대해 좋지 않은 편견을 갖고 있다면, 아무리 증인신문을 잘하고 설득력 있는 주장을 하더라도 좋은 결과가 나올 수 없다. 배심원의 평결은 원칙적으로 만장일치에 의하는데(의견이 일치하지 않으면 판사의 의견을 들은 후 다수결로 함), 그 배심원에 의해 배심원들 전부가 '오염'될 수 있기 때문이다.

　배심원의 선정은 그날 출석한 배심원 후보자들 가운데 추첨으로 9명을 뽑아 배심원석에 앉힌 다음, 후보자들이 공평하지 못한 판단을 할 우려가 있는지 여부를 가리기 위해 판사, 검사, 변호인 순으로 질문을 한다. 검사와 변호인은 5명까지 아무런 이유 없이 배심원 후보자를 기피(배심원 선정절차에서 탈락시키는 것)할 수 있다. 그 이상으로 기피를 하려면 그 후보자가 불공평한 판단을 할 우려가 있다는 이유를 대야 하는데, 그 사유는 후보자에 대한 질문과 답변 속에서 드러나야 한다. 배심원 후보자에 대한 질문은 원칙적으로 제한이 없다. 전에 수사기관에서 조사를 받은 적이 있는지, 수사기관에 대한 평소 생각은 어떤지, 사형제도에 대해서는 어떻게 생각하는지, 가족 중에 법조인이 있는지 등 다양한 종류의 질문이 던져진다. 뉴욕에 가서 본 선정절차에서는 검사가 "아침에 타고 온 지하철 의자가 무슨 색깔이었나?"라는 질문도 했다. 검사나 변호인은 무이유부 기피신청 카드 5개를 아끼고, 이유부 기피를 최대한 활용하기 위해, 후보자에 대한 질문에 최선의 노력을 기울인다. 미국에서는 이런 선정절차를 진행하는 데만 한 달이 걸리는 경우도 있다고 한다. 그만큼 배심원 선정절차가 중요함을 알 수 있다.

우리 사건에서, 배심원석에 앉은 후보자 가운데 한 명이 예술계에 종사하는 사람이라고 하였는데 자세가 매우 불량하고 답변도 무척 퉁명스러웠다. 수사기관에 대해 반감을 갖고 있는 것 같았다. 그는 방청석에 앉아 대기할 때부터 인상이 내 마음에 들지 않았다. 그가 추첨으로 뽑히지 않길 바랐으나 뜻대로 되지 않았다. 그에게 몇 가지 질문을 하였는데 기피할 만한 명확한 사유가 나오지 않았다. 등줄기가 후끈해지면서 땀이 다 나려고 했다. 질문이 끝나고 재판부에 이유를 대고 기피신청을 하였으나 받아들여지지 않았다. 난 카드가 하나 줄어드는 것을 감수하고 그에 대해 무이유부 기피를 했다. 처음 추첨되어 나온 후보자 9명 가운데 3명 정도가 기피되었고, 다시 3명을 더 추첨으로 뽑아 앞서 본 방법과 동일하게 절차를 진행했다. 이날 선정절차는 2시간 정도 걸렸다.

선정절차가 끝나고 잠시 휴식시간을 가진 다음 공판절차에 들어갔다. 공판절차는 배심원들이 심판관으로 관여한다는 것 말고는 통상의 형사재판과 똑같다. 내가 기소한 내용의 요지와 입증계획을 말하고, 변호인이 그에 대해 답변했다. 준비절차에서 심신상실을 이유로 무죄를 주장한 것과 달리, 심신미약만 주장하면서 형을 감경해달라고 했다. 최소한 무죄는 나오지 않게 되었으므로, 한편으로 안심이 되었다.

피해자와 그녀의 남편에 대한 증인신문이 진행되었다. 이것은 사건을 직접 수사한 검사가 맡았다. 수사검사는 사건내용은 잘 알고 있었지만 배심원을 상대로 한 재판에는 익숙하지 않았다. 질문할 때 사용하는 용어가 전문적이어서 배심원들이 알아듣기 어려운 것들이 있었고, 또 증인 바로 앞에 서서 신문을 하여 배심원들이 증인을 바라보는 시선을 가로막았다. 증언의 신빙성을 판단하는 데는 목소리뿐만 아니라 표정이나 태도도 중요하기 때문에 배심원들이 그것을 볼 수 없게 해서는 안 된다.

피고인 신문은 내가 했다. 배심원들과 피고인 사이의 중간쯤에 서서 신문했다. 신문사항을 적은 서류는 서류받침대에 놓고, 필요할 때 잠깐 보고 가는 식으로 진행하였다. 자리도 한군데 계속 서 있지 않고 가끔씩 옮겨 다니며 배심원들의 눈에 피로가 쌓이는 것을 막으려고 했다. 사실 배심원들을 설득하는 데는 주장 내용 자체도 중요하지만, 검사가 입은 옷, 말투, 표정 등 사소한 것 하나까지도 다 영향을 미친다. 증인을 신문할 때도 증인만 보아서는 안 되고, 가끔씩 배심원들을 돌아보고 그들의 반응을 살펴야 한다. 최종 심판권은 그들에게 있기 때문이다.

나의 신문은 피고인이 사건 당시 술을 마셨어도 기억이 나지 않을 정도는 아니었다는 점에 초점이 맞추어졌다. 피고인은 피해자가 묵고 있던 여관에 한 번도 가본 적이 없음에도, 그 이름과 호실만 알고 찾아간 사실, 여관 문을 열고 망치로 피해자를 때리고는 바로 도망을 간 사실(정말로 술에 심하게 취했다면 거기서 더 행패를 부리지 도망가지 않았을 것임) 등에 대해 구체적으로 신문했다. 때때로 피고인이 질문 내용을 제대로 듣지 않고, 질문과는 상관없는 자기 이야기만 장황하게 늘어놓아 초점이 흐려지면서 그것이 배심원들을 지루하게 하지 않을까 긴장이 되었으나, 그런대로 무사히 마쳤다.

최종변론에서는 배심원들을 바로 눈앞에 두고, 피고인이 술에 취하였다는 것이 형을 감경시킬 사유가 되지 않는다는 주장을 펼쳤다.

5~10초 정도 눈길이 닿는 배심원의 눈을 바라보면서, 그의 내면에서 이루어지는 생각이나 느낌을 읽으려고 했다. 여러 사람을 상대로 연설을 할 때는 시선을 허공에 두거나 청중 전체를 그냥 훑는 식으로 보아서는 안 된다. 시선을 옮기면서, 순간순간 눈길을 멈추고 상대방과 눈으로 대화를 해야 한다. 다음 상대방이 바로 옆에 있는 사람이어서도 안 된다. 개구리처럼 펄쩍 뛰어 좀 떨어진 곳에 있는 사람과 다시 눈길로 대화를 나누었다. 최대한 자연스럽게 보이기 위해서다. 이것은 국민참여재판 전담검사가 된 후 학습을 통해 익힌 것인데, 검사를 그만둔 지금도 활용하고 있다. 손에는 아무것도 들지 않아 자유로운 상태이고, 피고인이 망치로 피해자를 두 번 내리치는 시늉을 보이기도 했다. 때로는 그런 액션이 배심원들에게 더 실감나게 다가갈 수 있다. 자리도 한곳에 있지 않고 조금씩 옮기면서 배심원들의 눈이 굳지 않게 하려고 했다. 큰 실수 없이 잘 마쳤다.

배심원들의 평결이나 재판결과도 나쁘지 않았다. 변호인이 주장한 심신미약 주장은 받아들여지지 않았고, 징역 10년이 선고되었다. 재판이 끝나고 부장님, 수사검사 등과 술자리를 가졌는데, 모두들 수고했다고 격려해주었다. 재판이 끝나고 일주일 정도 지나 오마이뉴스에 참여연대의 박근용 사법감시팀장이 방청기를 올렸다. 박 팀장은 그동안 국민참여재판 방청기를 써왔다.

이날 재판에서 검사(2명의 검사 중 수사검사가 아닌 공판담당 검사)의 노련함이 인상적이었다. 방청하면서 적은 메모지에 '여태 본 검사 중에서 베스트 오브 베스트'라고 적을 정도였다. 이 공판담당 검사는 배심원석 앞 1미터 내외의 거리를 적절히 유지하거나, 배심원과 증인 사이

오마이뉴스(2008년 6월 24일자)
"'나 홀로 변론' 국선변호사도 지원이 필요해!'

국민참여재판은 사법의 민주적 정당성과 신뢰를 확보하기 위한 제도이다. 그렇지만 통상의 재판과 비교할 때, 시간, 노력, 비용이 비교할 수 없을 정도로 많이 들어간다. 이런 이유로 내가 검사로 있을 때도, 국민참여재판의 미래에 대해 회의를 갖고 부정적으로 생각하는 검사들의 숫자가 더 많았다. 그러나 난 국민참여재판은 시간, 노력, 비용을 들일 만한 충분한 가치가 있다고 본다.

먼저, 법조인의 불합리한 기득권을 없애준다. 그동안 법조인들은 쉬운 말을 써도 되는 것을 자신들만 아는 어려운 용어를 쓰면서 일반 시민들을 외면하고, 자신들의 기득권을 유지하려고 했다. 그런데 국민참여재판에서는 배심원들을 상대로 설득하고, 그들로부터 유리한 평결을 받아내야 하므로 쉬운 말을 쓸 수밖에 없고, 그들을 함부로 무시할 수도 없다.

또, 재판의 실질에 있어서도, 배심원 선정절차를 거쳐 건전한 상식을 가졌다는 것이 '입증'된 여러 배심원들이 쟁점마다 충분한 토의를 하면서 내린 결론이 직업법관의 그것보다 못하다고 볼 이유가 없다. 법은 최소한의 상식이라는 말이 있듯이, 재판이라는 것도 기본적으로는 상식에 의해 이루어지는 것이다. 순수하게 법률적인 문제는 판사의 도움을 받아 해결하면 된다. 미국이나 영국도 이런 식으로 한다. 전에 모의재판 때 배심원들의 동의를 얻어 그들이 토의하는 모습을 촬영한 것을 보았는데, 참으로 책임감을 갖고 합리적으로 토의하는 것을 볼 수 있었다.

모든 재판을 다 국민참여재판으로 할 수는 없다. 그러나 중요한 재판들만이라도 시민들의 참여로 진행한다면, 위에서 말한 긍정적인 효과들은 다른 일반재판들에 영향을 미치고, 이것은 법조인의 불합리한 권위를 무너뜨리고, 법조인과 일반 시민을 대등한 위치에 놓는 데 기여할 것이다. 우리나라 국민참여재판의 미래가 어떠할지 자못 궁금하다.

국민참여재판 1호 검사인 나
왼쪽 끝, 법복을 입고 있다

　　검사들이 일하는 부서는 크게 형사부와 인지부서
로 나눌 수 있다. 형사부는 경찰수사를 지휘하고, 경찰에서 수사하
여 검찰로 넘어온 사건(실무상 '송치사건'이라고 함)을 맡아 처리한다.
경찰 수사내용만 갖고 종국처리가 가능하면 바로 기소나 불기소처
분을 하고, 필요하면 추가수사를 하여 결정한다. 형사부에서 하는
일이 검찰 수사업무의 80~90퍼센트를 차지한다. 이에 대해, 특수
부로 대표되는 인지부서는 경찰과 상관없이 자체적으로 범죄를 인
지하여 수사한다. 정치인이나 공무원 관련 사건, 대규모 경제사건
등 사회적으로 주목을 끌 만한 사건들을 조사한다.

　　검사 5년 차이던 2003년, 전주지검에서 처음으로 특수(특별수사)
업무를 맡게 되었다. 특별수사는 수사 자체도 상당한 정도의 집중과
끈기가 필요하지만, 그에 앞서 수사를 개시하기 위한 범죄정보를 확

보하는 것이 중요이다. 이를 위해, 검사 스스로 범죄정보를 수집하거나 기획수사(구체적인 범죄정보 없이 사회적으로 문제가 있다고 보이는 분야를 골라 집중적으로 분석, 조사하는 수사)를 하기도 하지만, 지검이나 대검 차원에서 각종 첩보 등을 토대로 범죄정보를 만들어 일선 검사에게 내려보내기도 한다. 당시 나는 특수와 일반 형사 업무를 같이 하고 있었는데, 마땅한 범죄정보가 없어 특수 업무에는 조바심만 내고 있었다.

그러던 어느 날 선배검사가 내게 계좌거래내역을 하나 건네주었다. 전주시청 공무원의 계좌였다. 선배검사가 다른 사건을 조사하는 과정에서 나온 것인데, 거래내역 중 2,000만원에서 뇌물 냄새가 난다는 것이었다. 당시는 2002년 월드컵이 끝난 지 얼마 지나지 않은 시점이었다. 전주에서도 월드컵 경기가 열렸는데 계좌의 주인공은 월드컵 준비 관련 주무과의 과장이었다. 선배검사가 준 계좌와 관련 기록을 검토한 후, 수사에 착수하였다. 위 계좌에 2,000만원을 입금한 당사자의 집을 압수수색하고, 입금자를 조사하였다. 공무원의 계좌에 돈을 넣은 사람은 2002년 월드컵 당시 월드컵을 홍보하는 현수막, 배너 등을 납품하던 업체의 대표였다. 처음에는 2,000만원에 대해 업무 관련성을 부인하였으나, 계속된 추궁에 결국 모두 자백하였다. 2,000만원 외에도 담당 공무원이 외국 출장을 갈 때 새벽에 찾아가 경비를 주고, 그 공무원이 상을 당했을 때에는 부의금으로 100만원을 주었다는 진술도 하였다.

공여자의 진술을 토대로 담당 공무원을 사무실에서 긴급체포했다. 긴급체포는 법원으로부터 체포영장을 발부받을 시간이 없을 때

하는 것으로, 체포한 시간으로부터 48시간 안에 구속영장을 청구하지 않으면 당사자를 석방하여야 한다. 그동안 몇 번 긴급체포의 위법성이 문제된 후, 지금은 긴급체포가 아주 예외적으로 인정되지만, 당시에는 긴급체포가 일반적이었다. 담당 공무원은 2,000만원에 대해 업무와 상관없이 빌린 것이라고 변소하였으나, 여러 정황상 설득력이 없었다. 공여자와 대질조사를 하여 범죄혐의에 대한 소명을 명백히 한 다음 구속하였다.

대부분의 뇌물 사건에서는, 흔적을 남기지 않기 위해 계좌를 이용하지 않고 직접 현금으로 주고받는다. 따라서 공여자가 입을 열도록 하는 것이 어려울 뿐만 아니라 나중에 재판 과정에서 말을 바꿀 것에 대비해서도 조사를 해야 하기 때문에, 뇌물 사건 수사는 무척 어렵다. 그러나 위 사건에서는 계좌거래내역이 확보되었기 때문에 혐의 입증에는 그다지 어려움이 없었다.

추가 범행을 파악하기 위해, 전주시청 해당부서에 전화를 해 월드컵 관련 장부들을 가져다줄 것을 요청했다. 한 공무원이 서류를 잔뜩 들고 검사실로 들어서는데, 아는 얼굴이었다. 군인 시절, 나와 같은 부대에서 근무하던 동기였다. 1990년 제대 후 13년간 녀석과 아무런 연락도 하지 못하다가, 위에서 본 사건의 수사에 착수하기 몇 달 전 전주공설운동장에서 우연히 만났다. 그 무렵 나는 마라톤을 열심히 했는데, 녀석도 마라톤을 하고 있어 운동장에서 보게 된 것이다. 그때 녀석이 전주시에 근무하는 것을 알게 되었지만, 내가 구속한 과장의 직속 부하일 것이라는 생각은 전혀 하지 못했다. 녀석은 사무실 안에서 나와 눈길도 마주치려 하지 않은 채 서류만 내려놓고 사무실을 나갔다. 그렇게 나가는 녀석의 마음이 어땠을까? 혹시 내가 자신을 의심하지는 않을까 하는 생각을 했을지도 모른다.

녀석은 아주 독실한 가톨릭 신자였다. 군에 있을 때 술과 담배를 전혀 하지 않았다. 다른 사람들과도 잘 어울리지 않고, 여가시간에 공부를 하거나 신앙생활을 하였다. 그런 그가 조금은 배타적으로 느껴졌다. 그런 만큼 소통이 잘 되지 않았다. 구속된 피의자에게 녀석에 대해 물어보았다. 그는 "매우 훌륭한 공무원"이라고 했다.

사건이 마무리된 후 동기 녀석과 종종 만났다. 녀석이 이제는 술을 마셨다. 평소에는 자주 마시지 않지만, 나를 만나면 많이 마시게 된다고 했다. 우리집에도 한 번 초대했다. 우린 만날 때마다 이런저런 이야기를 오래도록 나누었다. 어떻게 공무원 생활을 하여야 하는지 등에 대해서. 우린 그렇게 하면서, 군에 있을 때 하지 못했던 소통을 이루었다. 전주를 떠나서도 녀석과는 가끔씩 전화 통화를 하였다.

2008년 서울중앙지검에서 국민참여재판 전담 보직을 마치고, 3차장 산하의 외사부에 배속되었다. 외사부는 외국이나 외국인과 관련된 경찰 수사 사건을 송치받아 처리하기도 하지만, 나름대로 인지수사도 해야 했다. 2009년 초 미국 검찰은 미국의 원자력발전소 부품 납품업체가 한국수력원자력(한수원) 등 여러 나라의 관련 업체 직원들에게 부정한 금품을 제공한 사건을 적발하여 기소했다는 내용을 언론에 발표했다. 이 내용을 국내 언론이 받아 보도했다(한수원과 거래하는 외국 업체들에는 문제가 된 미국 납품업체 외에도 다른 업체들이 많았는데, 경쟁업체에서 한국 언론에 알려주었을 가능성이 높다). 이 사건이 내게 배정되었다. 수사의 기초자료는 언론보도 내용밖에 없었다.

한수원에 근무하는 친구에게 전화를 걸었다. 이 친구는 나와 고등학교 동기동창인 데다가, 내 아내와 친구의 처가 또 서로 대학교 동창으로 친구다. 나와 아내가 먼저 만나 결혼한 후 두 사람을 소개하였는데, 한 번 보고는 그만두었다가 5년여가 지난 다음 결혼정보회사가 주관하는 모임에서 우연히 다시 만나 결혼을 하였다. 친구에게 언론에서 보도한 사건을 수사하게 되었다는 말을 하니, 자세한 내용은 감사실에 물어보라고 하였다.

한수원 감사실에서는 꽤 구체적인 자료를 갖고 있었다. 이 자료를 토대로, 한수원 관계자에게 금품을 준 사람의 인적사항을 파악할 수 있었다. 그는 미국 납품업체의 한국지사 직원이었다. 미국 납품업체는 국내 유수의 로펌까지 선임하여 수사에 적극적으로 협조하였다. 미국의 핵심 간부가 우리 사무실에까지 와 사건에 대해 브리핑을 할 정도였다. 협조를 빌미로 수사의 확대를 막고, 한국 내에서 구겨진 자신들의 이미지를 회복하기 위한 노력이었을 것이다.

미국 납품업체의 직원은 한참을 망설인 끝에 그가 돈을 준 상대방인 한수원 관계자의 이름을 털어놓았다. 공여자에 의하면, 한수원 관계자는 미국 검찰에서 수사된 것 말고 그 전에도 미국 납품업체로부터 납품과 관련하여 편의를 제공하는 대가로 크고 작은 금품을 받았다. 그러나 대부분은 공소시효(범행일로부터 일정한 시간이 지나면 공소를 제기할 수 없는 제도인데, 한수원 사건과 같은 배임수재죄는 시효가 5년이었음)가 완성되었고, 아직 시효가 남은 것도 2009년 4월경이면 시효가 완성될 상황이었다. 수사를 서둘렀다. 법원으로부터 체포영장을 발부받아 한수원 관계자를 체포하여 조사했다. 예상대로 부인했다. 공여자와 대질조사까지 한 다음 피의자를 구속하였다.

그 과정에서 피의자가 갖고 있던 핸드폰을 압수하여 검색하게 되었다. 그런데 피의자의 통화내역에 한수원에 근무하는 친구의 이름이 자주 올라와 있었다. 직감으로, 친구가 구속된 피의자의 직속부하임을 알 수 있었다. 전주에서 겪었던 사건이 생각났다. 이 무슨 기묘한 인연인가. 잠시 인지부서에서 일하면서 처리한 구속사건 피의자들의 직속부하가 다 내 친구라니.

추가자료 확보를 위해 구속된 피의자가 다루었던 서류가 필요했다. 친구에게 전화를 하였더니, 자신이 직접 내 사무실로 서류를 갖고 가기는 뭐하니 검찰 직원들을 보내달라고 하였다. 나 또한 내 사무실에서 반갑지 않은 일로 친구를 보고 싶지는 않았다. 전주에서 내 사무실을 다녀간 군대동기가 떠올랐다.

작년 1월 변호사 개업을 하고 얼마 지나지 않아 전북 부안에 있는 변산공동체학교 교장선생님으로부터 한 사건을 소개받았다. 의뢰인은 민주노총 충북지부에서 공공노조 분야를 담당하고 있던 노동운동가였다. 이미 충주지원에서 1심이 진행되어 실형을 선고받고, 의뢰인의 항소로 청주지방법원으로 사건이 넘어온 상태였다.

사안은, 충주시가 재산을 전부 출연한 노인복지시설의 운영자가 경영상의 이유 등을 들어 시설을 폐쇄하려고 하자, 시설 근로자들이 이에 반대하면서 충주시청 앞에 가 시위를 하다가 공무원들의 제지를 뚫고 청사 안으로 들어갔는데, 의뢰인도 근로자들과 함께하였다가 입건된 사건이었다. 죄명은 업무방해, 집회 및 시위에 관한 법률위반, 건조물 침입이었다. 의뢰인은 이미 전에도 비슷한 사건으로 징역형을 선고받아 집행유예기간중이었다. 1심 판사는 실형을 선고

하면서도 사안이 그다지 중하지 않은 점을 고려하여 구속은 하지 않았다. 집행유예기간이 4개월 정도밖에 남지 않아 항소심에서 시간을 잘 '끌면' 집행유예기간을 넘길 수 있었다(집행유예기간중에 다른 사건으로 실형을 선고받고 그것이 확정되면 집행유예가 취소되어 그 전에 선고받은 형까지 같이 복역해야 한다).

그런데 문제는 의뢰인이 항소만 제기하고 항소이유서 제출기간인 20일 안에 항소이유서를 내지 않은 것이다. 항소심에서 기간 내에 이유서를 내지 않았다는 이유로 항소기각결정을 받았다. 기간 내에 이유서를 내지 않았어도, 법원에서 직권으로 조사할 사항이 있으면 항소기각결정에 대해 즉시항고를 하여 다툴 수 있다. 의뢰인은 즉시항고를 한 상태에서 내게 찾아왔다. 1심 변호인에게 상담하여도 찾을 수 없었다며 직권조사사항을 찾아달라는 것이다.

직권조사사항이란 1심 판결이 증거 없이 사실을 인정하는 등 법령에 위배되는 것이 명백하여 당사자가 이의를 제기하지 않아도 항소심 법원이 직권으로 조사하여야 하는 것을 말한다. 피고인으로부터 이야기를 듣고, 그가 가져온 기록을 꼼꼼히 살펴보아도 그것을 찾을 수 없었다. 피고인에게 왜 기간 내에 이유서를 제출하지 않았느냐고 하나마나 한 이야기와 함께 가능성이 없다며 돌려보냈다. 의뢰인은 이제 1심에서 선고받은 형과 전에 집행이 유예되었던 형을 다 복역해야 할 다급한 상황이 되었다.

의뢰인을 돌려보내고 며칠이 흘렀다. 다른 사건의 재판을 위해 법정에 갔는데, 사건이 많이 밀려 있었다. 내 사건이 진행되려면 1시간은 더 기다려야 했다. 법원공실(변호사들이 재판을 준비하거나 기다리기 위해 마련된 공간)에 가, 무료한 시간을 달래기 위해 한 법률잡지를 꺼내 들었다. 잡지는 특집으로 지난해의 주요 형사판결을 소개하고 있었다. 가만히 보고 있노라니, 한 판결이 눈에 확 들어왔다.

2009년 12월 대법원 전원합의체(대법원 사건은 보통 3명의 대법관이 관여하는데, 중요한 사건에 대해서는 대법관 전원이 참여한다)에서 한 판결인데, 공무를 집행하는 공무원에 대해서는 공무집행방해만이 문제될 뿐이지 업무방해는 성립될 여지가 없다는 것이었다. 공무집행방해는 공무원에 대한 폭행이나 협박을 요건으로 하는데, 업무방해는 공무원에 대한 폭행이나 협박이 없더라도 위력을 과시하면 성립하기 때문에 그 성립범위가 훨씬 넓다. 이 때문에 그동안 수사기관은 시위자들이 합세하여 공공청사에 들어가는 것에 대해 업무방해죄로 의율하여 왔다. 그런데 대법원이 이에 대해 제동을 건 것이다.

공무집행방해죄는 업무방해죄의 특별구성요건이기 때문에 공무원에 대한 직무방해의 경우, 공무집행방해죄 외에 업무방해죄는 문제 삼으면 안 된다는 것이다. 이 대법원 판결은 충주지원 1심 판결 선고 후에 이루어진 것인데, 이 대법원 판결에 의해 1심 판결이 유죄를 선고한 업무방해죄는 더이상 성립할 수 없게 되었다. 이는 항소심에서 반드시 직권으로 고려하여야 할 사항이다. 위 대법원 판결 선고 당시 난 문경 정토수련원에서 행자생활을 하고 있었다.

바로 의뢰인을 불러 위 판결을 말하여주고 사건을 수임하였다. 재판부에도 전화를 걸어 위 판결이 있음을 말하고 항소심 심리를 열어줄 것을 요청하였다. 재판부는 이를 받아들였고, 그후 정상에 관련된 증인을 신문하는 등의 방법으로 시간을 끌어 집행유예기간을 도과시켰고, 결국 의뢰인은 업무방해에 대해서는 무죄, 나머지 범죄에 대해서는 다시 집행유예를 선고받았다. 두 개의 형을 복역해야 했던 급박한 상황이, 내 다른 사건의 재판이 늦어졌다는 아주 우연한 사정으로, 크게 역전된 것이다.

세상의 인연은 정말로 알 수 없다. 어떤 인연으로 어떤 상황이 전개될지 누구도 정확히 예측할 수 없다. 나의 두 친구를 내가 구속한 사람들의 직속부하로 만나게 될 줄 어떻게 알았을 것이며, 또 다른 사건의 재판이 늦어졌다는 하찮은 사정이 한 사람의 인생을 뒤바꿀 정도의 결과를 가져올 줄 누가 알았겠는가? 세상의 인연이 그럴진대, 우린 사람을 만나거나 사물을 대할 때, 내 기준을 내려놓고 사람과 사물을 있는 그대로 바라보려고 노력해야 한다. 그래야 좋은 인연을 더 많이 만난다.

금강경에 차제걸이次第乞已라는 말이 있다. 부처님이 제자들과 함께 마을에 들어가 걸식乞食을 할 때, 자신의 기호에 따라 어느 집은 가고 어느 집은 가지 않는 것이 아니라, 발길이 닿는 대로 차례로 밥을 얻었다는 의미다. 내 주관에 따라 대상에 차별을 두지 않은 것이다. 이것은 수행자가 공부하는 데 있어서 매우 중요한 자세다. 자기가 좋아하는 사람만 만나고, 자기가 좋아하는 일만 하려고 해서는 세상을 제대로 볼 수 없기 때문이다.

내 기준을 내려놓고
있는 그대로 바라보아야
좋은 인연을 만날 수 있다

이제, 나는 변호사다

전에 공판검사를 할 때, 재판에 참여하는 사람들이 그 이해에 따라 절실함의 정도가 다른 것을 느끼면서, 검사로서의 삶을 다시 돌아본 적이 있다. 혼자서 절실함의 순위를 매겨보았더니 피고인, 사선변호인, 판사, 공판검사, 국선변호인 순이었다. 피고인은 재판의 결과에 따라 형을 복역할 수도 있기 때문에 당연히 가장 절실하다. 사선변호인 또한 결과에 따라 성공보수나 그의 변호사 영업에 영향을 받기 때문에, 의욕이 있는 사선변호인이라면 치열할 수밖에 없다. 판사는 자신의 결정에 의해 한 사람의 인생 방향이 달라질 수도 있어, 기본적으로 재판에 충실하여야 한다. 공판검사는 사건을 직접 수사하지 않았기 때문에, 공판 과정에서 별다른 과오가 없다면 무죄가 선고되어도 불이익이 없다(무죄선고에 대해 공판검사나 수사검사에게 과오가 인정되면 벌점이 부과되어 인사자료가 된다). 국선변호인은 재판 결과에 대해 거의 아무런 책임을 부담하지 않기 때문에 절실함이 가장 떨어진다.

공판검사의 자리에서 바라본 사선변호인의 절실함이 부럽고, 두려웠다. 그 절실함에는 사건의 수임과 관련된 간절함, 성공에 따른 보상의 기대, 실패의 염려 같은 것들이 그대로 녹아 살아 있음이 느껴졌다. 사건수임이나 재판결과의 불확실성으로 인한 두려움 때문에 절실할 수밖에 없고, 그 때문에 더 자연의 모습에 가까워보였다. 그에 비해, 검사로서의 삶은 대단히 안정적이다. 기소를 독점하는 검사의 직무에 비추어 이러한 신분보장은 필요하지만, 삶은 기본적으로 절실하여야 한다는 내 가치관과는 맞지 않는 것 같았다. 물론 그동안 나의 삶이 이런 가치관과는 반대로 안정적인 것을 추구해와 상당한 모순이 있다는 것은 인정한다. 이런 모순은 변호사로서 일하는 지금도 분명 있다.

검사 사직서를 제출하고 그것이 수리되는 것을 기다리면서 휴가를 냈다. 가족과 함께 설악산으로 야영을 갔는데, 그사이 사람들로부터 전화가 오면 순간적으로 위의 장면이 떠오르곤 했다. 검사 때는 받기 싫으면 전화가 와도 받지 않기도 했는데 이제는 그렇게 하면 안 되는 것임을 실감한 것이다.

이제는 오는 전화를 다 받아야 할 뿐만 아니라, 사람들에게 먼저 연락을 해 내 존재를 잊지 않도록 하여야 할 것이고, 검사나 판사를 대할 때에도 사건과 관련하여 직접적인 처분을 하는 위치에 있는 이들이기에 조심스럽게 다가가야 할 것이며, 의뢰인과의 관계에서도 그로부터 돈을 받고 일하는 것이기에 의뢰인의 입장과 마음도 살펴야 한다. 그 밖에 만나는 다른 사람들도 잠재적으로 의뢰인이 될 수 있기 때문에 그들과의 만남에 정성을 기울이지 않을 수 없다.

변호사 일을 시작하고 얼마 후, 청주대학교 평생교육원 CEO 과정에 등록하였다. 강의내용보다는 변호사 일을 시작한 만큼 지역 내 사람들과 사귀는 것이 필요할 것 같았다. 우리 10기에는 회사대표를 비롯하여 육군 준장, 병원 이사, 공인중개사, 생명보험사 직원, 신협 전무, 회계사, 한국전력공사 임원과 음악학원, 철학관, 꽃집, 음식점을 운영하는 사람 등 40여 명이 들어왔다. 한꺼번에 다양한 사람들을 만날 수 있어 좋았다. 두어 달 지나면서 '형님' '누님'이라고 부를 정도로 친해지게 되었다. 막연히 변호사 일에 도움이 되겠거니 하고 모임에 나갔지만, 시간이 흐르면서 사람들을 만나는 것 자체가 재미있고, 유익한 경험이 되었다.

어느 휴일, 동기인 용규 형이 상의할 사건이 있다면서 자신의 사무실로 오라고 했다. 거래업체에 공사를 해주었는데, 상대방이 대금 일부만 주고, 나머지 설계변경으로 늘어난 부분에 대해서는 사전약속이 없었다며 대금을 주지 않는다고 하였다. 이 경우에는 설계변경이 이루어진 부분에 대해서도 대금 지급의 약속이 있었다는 점을 입증하여야 하는데, 공사계약서 내용 일부, 공사계약을 체결한 경위 등에서 그런 약속이 있었음을 엿볼 만한 것들이 있었다. 사건을 수임하기로 하였다.

용규 형과 사건 이야기를 하다가, 그동안 살아온 이야기들도 주고받게 되었다. 우연찮게도 그와는 공통되는 것들이 많았다. 먼저, 용규 형은 내가 검사를 그만두고 3주간 다녀온 변산공동체학교를 만든 윤구병 선생님을 잘 알고 있었다. 결혼할 때 윤선생님이 주례를 봐주셨다고 한다. 또, 용규 형은 전에 충북 노사모(노무현을 사랑하는 모임) 대표였다. 나도 노무현 전 대통령을 흠모하였고, 노 대통령이 검찰조사를 받다가 돌아가신 것이 검사 사직의 한 원인이 되었다고 말하니, 그는 나를 한결 더 가깝게 받아들였다. 냉장고에서 아이스크림을 잔뜩 꺼내어 유기농 재료로 만든 것이라면서 아이들 갖다주라고 하였다.

그후 우린 비교적 자주 만났다. 사건과는 별개로 정치 이야기도 꽤 나누었다. 그는 노사모 출신인 만큼 국민참여당 관계자들을 많이 알고 있었다. 한번은 천호선 참여당 최고위원(전 청와대 대변인)이 강연차 청주에 왔다. 용규 형의 소개로 참여당 충북도당 관계자들을 만나고, 천호선 위원과도 인사를 하였다. 천위원이 서울로 올라가는 마지막 버스를 놓친 덕분에, 천위원을 비롯한 몇몇 분들과 밤이 늦도록 술을 마시면서 이야기할 수 있는 기회를 갖게 되었다.

천호선 위원에게, 청와대 대변인으로서 매일 언론을 상대로 브리핑하는 모습이 대단히 인상적이었다는 말을 건넸다. 지금 이명박 정권에서는 그런 식의 소통채널이 없다는 것이 아쉽다는 말도 했다. 당시 천호선 대변인은 기자들의 무차별적인 질문에 솔직하고 당당하게 답변했다. 그때 매일 언론을 상대로 브리핑하는 곳은 전 세계에서 미국 백악관과 국무부, 우리나라의 청와대 세 곳밖에 없었다고 한다.

참여정부도 처음부터 그렇게 한 것은 아니고, 임기 10개월 정도를 남기고 시작한 것이다. 천위원은 그 시절이 무척 긴장되고 힘들었다고 했다. 기자들이 예상 밖의 질문을 하는 경우, 순간적으로 어느 선까지 어떤 내용으로 답을 하여야 할 것인지를 결정하는 것이 쉽지 않기 때문이다. 특히, 2007년 아프가니스탄에서 한국인 선교사 등 20여 명이 인질로 잡혀 있을 때는 브리핑의 수위를 조절하기가 더더욱 어려웠다고 했다. 자리가 파할 무렵, 수첩에 아내의 이름과 함께 천위원의 사인을 받았다.

변호사 일에 어느 정도 익숙해진 작년 가을부터는 지역신문과 방송에 참여하고 있다. 충북일보에 2주에 한 번씩 칼럼을 쓰고, 매주 목요일 밤 청주 MBC 라디오에서 김병재 아나운서와 함께 '알쏭달쏭 법률이야기' 코너를 진행하고 있다. 가끔씩 칼럼을 보거나 방송을 들었다는 분들로부터 전화를 받으면 은근히 힘이 난다.

어느 날 충북 청원군 문의면에서 열린 마라톤 대회에 갔을 때, 문의초등학교 운동장이 인조잔디와 우레탄 트랙으로 덮인 것을 보고, '제발 흙 좀 밟게 해주세요' 라는 제목으로 칼럼을 썼다.

학교 운동장 전부에 인조잔디, 트랙 같은 것이 깔려 있었다. 울타리 부근까지 빈틈없이 깔린 초록색 합성수지 위에, 흰색 페인트로 사방치기 놀이 그림이 똑같은 크기로 두 개 그려져 있었다.

기가 막혔다. 아이들은 넓은 운동장에서 땅에 금을 긋고 할 수 있는 놀이는 사방치기밖에 없었다. 그것도 크기가 미리 고정된 것으로.

난 교육 현장에서 이런 몰상식이 '당당하게' 저질러지고 있는 것을 이해할 수 없다. 교육에 대한 참다운 이해가 있다면, 이런 몰상식은 도저히 이루어질 수 없다.

교육이 무엇인가. 나 자신과 주변을 잘 이해하고 이것을 바탕으로 주변과 잘 어울릴 수 있는 사람으로 자라게 하는 것 아닌가. 저렇게 인조 잔디 등이 깔린 운동장 위에서 자신이나 주변에 대한 이해가 과연 제대로 이루어지겠는가.

모든 생명은 변한다. 나고, 늙고, 병들고, 죽어간다. 이와 같은 생명의 변화는 기본적으로 흙과 함께 이루어진다. 대부분의 식물은 흙이 씨앗을 보듬어야만 싹을 틔우고 자란다. 동물의 경우, 육식을 하더라도 먹이사슬 맨 아래의 피식자 동물은 초식을 하므로, 결국 동물들도 흙과 그 흙이 만들어내는 변화를 떠나서는 살 수 없다.

교육이란 위와 같은 변화를 제대로 배우게 하는 것이다. 교육은, 아이들이 인간을 포함한 자연계의 거역할 수 없는 변화의 법칙을 이해하고, 이것을 통해서 자신을 알고, 자신이 나아갈 바를 스스로 알도록 도와주는 것이다.

흙이 아닌 인조잔디가 깔린 운동장에서, 아이들은 변화를 배울 수 없다. 풀이 나지 않고, 벌레도 기어 다니지 않으니, 거기엔 생명의 변화가 없다. 또 아이들은 대부분 축구장으로 만들어진 인조잔디 위에서 달리금을 긋고 야구나 피구를 할 수 없다. 비석치기나 공기놀이도 쉽지 않다. 흙바닥처럼 글씨나 그림을 그릴 수도 없다. 아이들이 할 수 있는 놀이에도 변화나 창의가 있을 수 없는 것이다. 아이들은 오로지 인조잔디 따위에 의해 미리 정해진 놀이, 행위만 할 수 있을 뿐이다. 이렇게 자라나는 아이들에게서 자연이나 인간에 대한 이해와 사랑을 기대할 수는 없다. 그래도 성적만 좋으면 괜찮다고 해야 하는가.

전에 사법시험을 준비할 때 서울의 한 연립주택 반지하에 살았다. 창밖을 내다보면, 눈높이와 바깥 콘크리트 바닥의 높이가 별로 차이가 나지 않았다. 시험 준비로 스트레스에 시달렸는데, 창밖을 바라봐도 쉽게 풀리지 않았다. 콘크리트 바닥의 갈라진 틈 사이로 난 풀 한 포기에 눈길이 닿아, 한참동안 그것만 바라보았다. 어느 순간 삶에 대한 의욕이 샘처럼 솟아났다.

아이들은 흙을 밟을 때만 인생과 자연을 제대로 배울 수 있다. 우리 아이들, 제발 흙 좀 밟게 해주세요.

충청투데이(2010년 10월 7일자)
'제발 흙 좀 밟게 해주세요'

위 기사를 보고, '산남 두꺼비 마을신문'을 발행하는 조현국씨가 찾아왔다. 내가 쓴 기사를 마을신문에도 실을 수 있도록 해달라고 하였다. 그 무렵 청주시 흥덕구 산남동에 있는 샛별초등학교에 인조잔디를 까는 문제가 청주지역의 뜨거운 이슈였다. 교육청과 학교 측은 이미 예산이 배정되었다면서 계획을 강행했고, 이를 반대하는 학부모들은 모임을 결성하여 소송을 제기하고 반대음악회까지 하였으나 공사는 그대로 진행되었다. 조현국씨의 부탁을 거절할 이유가 없었다. 마을신문 이사가 되어달라는 부탁도, 조금의 망설임은 있었지만 받아들였다.

산남동에는 유명한 원흥이방죽이 있다. 이 방죽은 아파트 숲 속에 자리 잡은 두꺼비가 사는 자연생태 연못이다. 10여 년 전 산과 들이던 이곳이 택지로 개발되면서 두꺼비의 서식지인 원흥이방죽을 보존하는 문제를 둘러싸고, 한국토지공사와 주민들 사이에 큰 다툼이 있었는데, 결국 보존하는 쪽으로 결론이 났다. 그후 방죽 옆에 두꺼비 생태공원까지 생기면서, 원흥이방죽이 있는 산남동은 전국적으로 생태마을의 상징이 되었다.

며칠 지난 후, 내 글이 실린 마을신문을 받아보았다. 예상했던 것 이상으로 신문 내용이 알차고 디자인도 세련되었다. 동네사람들 이야기, 환경 이야기, 어린이 코너, 생활문화 등이 짜임새 있게 자리 잡고 있었다. 주부와 학생 들이 자원봉사로 기사를 작성하고, 외부 필진으로 식당을 운영하는 사람, 생태안내자, 지방의회의원, 변호사 등 다양한 사람들이 참여한다. 한 달에 두 번 발행되는데 발행부수가 충북지역 일간지와 맞먹는다. 그에 필요한 예산은 모두 산남동 주민들의 자발적 지원으로 충당되고 있다. 산남동이 생태마을의 상징이 되고 있듯, '산남 두꺼비 마을신문'도 마을신문의 모범적 사례로서 전국으로 전파되고 있다.

조현국씨는 충북대 중어중문학과 교수로 있으면서 마을신문에 관여하고 있다. 그와 만나 이야기를 하다보면 신문뿐만 아니라 그것을 통해 담아내려고 하는 마을공동체에 대한 관심도 무척 크다는 것을 알 수 있다. 마을신문 이사들 대다수는 아파트 동대표들인데, 이사회 때 발언하는 것을 보면 매우 적극적이다. 또 산남동에서는 매년 한 차례씩 두꺼비생명한마당 축제를 열고 있다. 이들이 올해 추구하는 추진 방향은 '가장 지역적인 것이 가장 세계적인 축제' '친환경 생태축제로의 색깔을 명확히 하는 축제' '마을주민 스스로 만들고 참여하는 지역공동축제' '주민과 상인이 함께하는 상생의 축제'이다. 이 방향만 보아도, 이 축제가 다른 지역의 그렇고 그런 축제와는 다른 것임을 알 수 있다. 조현국씨는 이런 것들을 통해 사람 사는 냄새가 나는 마을공동체를 만들고, 그것을 신문으로 담아내려고 한다.

　조현국씨와 난 나이가 같다. 몇 번 만나 술을 마시고 이야기를 하면서 서로 말을 놓는 친구 사이가 되었다. 그는 내게 다른 몇 사람과 더불어 마을신문 편집위원이라는 직책을 주었는데, 변호사로서 다른 일정 때문에 편집회의 때 자주 참석하지 못하는 것이 미안할 따름이다.

　변호사가 되어 겪는 제일 큰 불안은 과연 앞으로 계속 변호사로서 먹고살 수 있을 것인가이다. 이것은 곧 꾸준히 사건을 수임할 수 있는가 하는 문제다. 이런 고민은 사업을 하는 사람이라면 누구나 겪는 것이다. 막상 내가 변호사로서 사업의 한 주체가 되어보니, 식당이나 옷가게 같은 곳에 들어갔을 때의 느낌이 전과는 많이 달라졌다. 그곳 주인들의 생계를 위한 몸부림이 절절하게 느껴졌다. 내가 그들과 (사업을 한다는) 같은 입장에 놓이게 되면서, 그들의 입장을 조금은 이해하게 된 것이다. 검사로 있을 때는 구체적으로 겪어보지 못한 경험이었다.

　변호사가 된 후, 많은 사람들을 만났고, 앞으로도 그렇게 하여야 할 것 같다. 그 주된 동인動因은 위에서 말한 변호사로서 겪는 불안 때문이다. 이런 사업상의 필요로 인해 사람들을 만나는 것이 불순해 보일 수도 있다. 그러나 모든 생명은 자신이 처한 조건에 영향을 받으며 살아갈 수밖에 없는 것이므로, 그것을 나쁘게만 볼 수는 없다. 문제는 대인관계에서의 진실성이다. 열려 있는 마음으로 진실하게 대하기만 한다면, 그 안에 사업적인 욕심이 어느 정도 있다고 하여 그것이 무슨 문제가 되겠는가? 이런 욕심은 그 형태나 내용에 차이가 있을 뿐 누구에게나 다 있는 것이다.

어찌 보면, 변호사 개업 후 1년은 검사 생활 10년보다 더 생기가 있었다고 할 수 있다. 불안한 절실함이 내게 더 적극적으로 사람들을 만나고 세상을 경험하라고 하니, 생명의 꿈틀거림을 훨씬 더 구체적이고 분명하게 느끼고 있다. 공판검사 때 본 사선변호인의 절실함을 제대로 경험하고 있는 것이다. 사건수임이 뜸해지면, 온 마음이 긴장되며 정신이 또렷해진다. 굶주린 야생동물이 먹잇감을 찾기 위해 집중하는 것처럼.

청주시 산남동
샛별초등학교 인조잔디

청주시 산남동
원흥이 방죽

2
나를
찾아가는
시간

나를 합격시킨 건 팔 할이 자연이다

난 소작농의 아들로 태어났다. 부모님은 당신들 손으로 농사를 짓고도 수확량의 절반을 땅주인에게 주어야 했다. 거기에 더해 아버지는 그렇게 부지런한 편이 아니어서 집은 언제나 가난했다. 학교에 다니는 데 필요한 돈이 부족하여 어머니가 이웃집에 돈을 꾸러 다니는 일이 자주 있었다.

사정이 이 정도 되면, 농사에 혐오감을 가질 법도 한데 난 그렇지 않았다. 중학교 다닐 때까지 농사일을 꽤 도왔다. 농사가 좋았는지 어땠는지는 기억나지 않지만, 우리 땅이 한 평도 없는 처지에 소작이라도 열심히 하지 않으면 안 된다는 절박함이 상당히 작용했을 것이다.

언젠가 이른 봄에, 동생을 데리고 밭으로 가 한겨울을 난 고춧대를 뽑고 비닐을 거뒀다. 400평 정도 되는 밭이었는데 중학교 다니는 나와 동생 둘이서 하기에는 상당히 넓었다. 다음 날인가 저녁을 먹는 자리에서 아버지께서 크게 역정을 내셨다. 고추밭이 깨끗이 정리된 것을 보고는, 땅주인이 더이상 소작을 주지 않기 위해 그렇게 한 것으로 오해한 것이다. 아버지에게 경위를 말씀드리니 아버지는 아무 말씀도 하지 않으셨다.

내가 중고등학교 다닐 때까지 집에서 소를 한 마리 키웠다. 아버지가 제때 외양간을 치우지 않아 똥이 그득그득 차곤 했다. 다른 일로 바쁜 것이 아니라 술을 드시느라 일을 게을리하셨다. 외양간에 가득 찬 똥을 보면 속으로 화가 치밀었다. 당시 어머니는 소작만으로는 아이들 공부를 가르칠 수 없다고 판단하고, 청주, 신탄진, 유성 등으로 5일장을 다니며 곡물 노점을 했다. 장이 서는 날에는 늦은 시각에 집으로 돌아와서 밥을 하고, 장이 없는 날에는 밀린 집안일이나 농사일을 했다. 그런 어머니의 고생을 생각하면 아버지의 게으름이 납득이 되지 않았다. 내가 열심히 외양간 똥을 치우고 있을 때, 몇 번은 옆집 할아버지가 당신 집 벽을 고치러 우리 집 안으로 들어왔다가 나를 보고는, "네덜 집안일은 네가 다 하는구나"라고 말씀하셨다.

난 시골에서 자라면서 아버지가 농사짓는 것이 마음에 들지 않았다. 아버지는 우선 부지런함이 부족했고, 농기구 같은 것을 제대로 정리하지 않아 일을 할 때마다 농기구을 찾았으며, 어떻게 하면 농사를 더 잘 지을 수 있을까 하는 연구를 하지 않았다. 내가 하면 더 잘할 수 있겠다는 생각이 자주 들었다. 아버지가 최선을 다하지 않았기 때문에 내가 농사에 대한 미련이나 욕심을 갖게 된 것도 같다.

한번은 집안 친척들이 모였는데, 내 장래희망이 농사짓는 것이라고
했다가 어머니한테 "농사지어서 어떻게 먹고 살려고 하느냐"며 혼
난 적이 있다. 고등학교 3학년 때는 농사라는 것을 정말 잘 지어보
고 싶은 생각에 서울대 농경제학과에 들어갈 생각까지 했다. 농사는
이렇듯 내 성장의 토양이었고, 이후 자연은 내 삶의 방향과 사고에
끊임없이 영향을 주었다.

그해 겨울 학력고사 점수가 기대만큼 나오지 않았다. 재수를 할
까 고민하던 중, 담임선생님 소개로 청주대 법대에 4년 장학생으로
들어가 사법시험을 준비하게 되었다. 3학년 겨울방학 때 충남 조치
원의 산속에 있는 한 고시원에 들어갔다. 처음에는 주변에서 아무런
방해를 받지 않고 공부만 할 수 있는 것이 무척 행복했다. 그러나 시
간이 지나면서 나 자신을 지나치게 통제하려고 한 것이 무리가 되었
는지, 정신적으로 상당한 부담이 생겼다. 스트레스를 풀기 위해 매
일 오후 5시에 산보를 나섰다. 고시원에서 왕복 40분 정도 걸리는
절에 다녀왔다. 몇 번 외출하였을 때를 빼고는 3개월여 동안 눈비가
와도 한 번도 거르지 않았다.

이 규칙적인 산보가 내게 대단한 경험을 안겨주었다. 매일 똑같
은 시간에 같은 길을 오르고 내리면서, 자연의 모습을 있는 그대로
보고 느낄 수 있었다. 무엇보다도 자연 속에 있는 나무들은 그것이
자라난 자리가 어디이든 당당하게 보였다. 음지에서 힘들게 자라는
것 같은 나무도 조금도 비굴하지 않고, 자신이 처한 조건에 맞게 그
생명력을 자신 있게 드러내고 있었다. 어쩌면 그 나무들을 바라보면
서 내 자신을 돌아보게 된 것 같다.

그 무렵 난 자라온 환경에 대해 심한 콤플렉스를 갖고 있었다. 아버지와 형의 게으름과 과음, 좋지 않은 술버릇, 우울한 집안 분위기, 가난 같은 것을 남들 앞에 드러내고 싶지 않았다. 언제나 소심하고 당당하지 못했다. 고생하는 어머니를 위해 반드시 잘되어야 한다는 부담도 나를 힘들게 했다. 공부하는 책 위로 어머니의 모습이 떠올라 공부에 방해가 될 정도였다.

자연 속 나무들은 그 어느 것이나 당당해 보였다. 처한 조건이 다 다른데도 말이다. 자신의 조건을 부끄러워하지 않기 때문일 것이다. 사람 또한 마찬가지 아닐까. 태어나고 자란 조건은 모두 다를 수밖에 없다. 그 조건에 부끄럽고 자랑스러운 것이 따로 있는 것은 아니지 않은가. 다만 자신의 조건에 맞게 성실하게 살면 되는 것 아닌가. 그것이 진짜 아름다운 생명력이 아닐까.

하루도 빠지지 않고 절에 올라오니, 그곳 스님께서는 나를 '도인'이라고 했다. 눈이 내린 어느 날에는 머리 위에 눈을 소복하게 이고 고시원에 돌아왔다. 같이 공부하던 사람들이 그 모습을 보고 이상한 듯이 쳐다보았다. 난 나의 그런 모습이 스스로 아름다웠다. 계절이 바뀌면서 나무에서 싹이 터져 나왔다. 그것이 얼마나 신기하고 반갑던지, 마치 그동안 죽어 있던 내게서 새로운 생명이 탄생하는 것 같은 기분이었다.

매일 산보를 하면서 이런 느낌과 생각을 갖다보니, 소심하고 답답하기만 했던 내 마음이 조금씩 풀어져갔다. 공부할 때 책에서 보이던 어머니의 모습도 언젠가부터 사라졌다. 내가 할 수 있는 데까지 하면 그만이라는 생각에 공부하는 마음이 편해지고 오히려 집중력이 생겼다. 언젠가부터 오후 5시 산보는 공부가 생활의 전부였던 내게 가장 큰 즐거움이 되었다.

겨울방학을 마치고 이듬해 봄에 치른 사법시험 1차에 합격하였다. 1차지만 처음으로 큰 시험에 합격하여 무척 기뻤다. 그런데 시간이 흐른 다음 돌아보니, 그때 조치원의 고시원 생활을 통해 자연의 당당한 생명력을 그대로 보고 느끼면서 나도 당당할 수 있다는 것을 깨닫게 된 것이, 내겐 합격보다 더 값진 것이 아니었나 하는 생각이 든다.

1996년 사법시험 2차는 충북 음성의 신흥사에서 준비하고 있었다. 절에는 20명 정도 되는 수험생이 있었는데, 당시 2차시험을 보는 사람은 나밖에 없었다. 시험날짜가 다가오자, 다른 사람들이 불편해했다. 나 때문에 소리도 마음대로 못 내며 내 눈치를 보는 것이 느껴졌다.

시험을 한 달여 남기고 짐을 싸 서울 구의동에 있는 동생 집으로 갔다. 집은 반지하였다. 창밖을 바라보면, 눈높이와 바깥의 콘크리트 바닥의 높이가 별로 차이가 없었다. 화장실은 건물 바깥에 있는 것을 공동으로 사용했다. 동생은 대한주택공사에 다니고 있었는데, 아직은 그보다 더 좋은 집을 구할 형편이 되지 않았다. 어쨌든 동생이 출근한 다음, 혼자서 조용히 공부하는 맛이 괜찮았다. 그런데 어느 날 바깥 화장실이 폐쇄되었다. 고장이 난 모양이었다. 어쩔 도리 없이 하루에 한 번은 집에서 10분은 걸리는 지하철역이나 영화사라는 절에 가서 해결해야 했다. 동생이 그런 환경에서 살아야 한다는 것이 무척 서글펐다. 또한 보장되지 않은 공부를 하는 나의 입장에서도, 동생의 이런 환경이 나의 삶과 과연 무관할 수 있나 하는 생각에 더 먹먹해지기도 했다.

그런 서글픔과 시험 스트레스에 눌려 마음이 크게 불안해졌다. 책을 보기 힘들었다. 자리에서 일어나 창밖을 내다보았다. 여느 때처럼 콘크리트 바닥만이 보일 뿐이었다. 내 불안을 달래줄 만한 그 어떤 것도 없었다. 어느 순간, 콘크리트가 갈라진 틈을 비집고 나온 풀 한 포기가 눈에 들어왔다.

그 풀을 지푸라기로 삼아, 울적하고 깊게 가라앉은 마음에서 빠져나오고 싶었다. 계속 그 풀만 바라보았다. '저 풀이 지금의 나와 무슨 상관이 있나' 하는 생각이 들어도, 그때 내가 기댈 것은 그 풀밖에 없었다. 충북 단양에 있던 지금의 아내와 전화통화를 한다 해도, 별다른 도움이 되지 않을 것 같았다. 상당한 시간이 흘렀다. 어느 순간, 그 풀의 강인한 생명력이 전해졌음일까. 나도 그 풀처럼 살 수 있을 것 같았다. 그전까지 쉽게 사라지지 않을 것 같았던 불안이 눈 녹듯 사라지면서 공부와 삶에 대한 의욕이 샘물처럼 솟아났다. 마지막 시험공부를 힘 있게 할 수 있었고, 그해 시험에 최종 합격하였다.

난 지금도 산이나 들에 가 나무와 풀을 보는 것을 즐긴다. 바위 틈 같은 어려운 조건에서도 전혀 기죽지 않은 채 당당하게 뿌리를 내리고 바위를 쪼개는 나무를 보면, 나도 모르게 눈길이 머문다. 무의식적으로 수험생활 시절 나의 스승이었던 자연을 떠올리는 것이다. 그 시절 나를 키우고 합격시킨 건 아마도 팔 할이 자연이리라.

오대산 소금강의
금강소나무

제천 신선봉의
바위 쪼개는
소나무

봉곡암,
불합격의 시련보다 더 큰 자연을 선물하다

1993년 7월, 사법시험 2차를 치른 직후 나는 속리산 봉곡암으로 들어갔다. 합격에 자신이 없었기 때문이다. 군을 제대하고 복학한 다음해 4학년 때 1차에 합격했지만, 지방에서 계속 혼자 공부를 한 탓에 준비가 어설펐던가보다. 2차 시험장을 나설 때 합격에 대한 기대보다 다음에는 꼭 합격하고야 말겠다는 분심만 생겼다. 다시 차분하게 공부할 곳을 찾다가 외숙모님 소개로 봉곡암에 가게 된 것이다.

봉곡암은 속리산 법주사에서 서쪽으로 수정봉을 넘고, 조그만 개울과 들을 건너 다시 산을 오르면, 중턱쯤에 자리한 작은 절이다. 봉곡암에서는 속리산 정상인 천왕봉(1,058m)이 한눈에 들어온다. 그런 전망 때문인지, 절 곳곳에 남아 있는 주춧돌이나 기와조각들에서 옛날에는 꽤 큰 절이 있었던 것을 짐작할 수 있다. 그런데 내가 갔을 때의 절은 무척 초라하고 가난했다. 건물은 법당채(설교 법회 등 법요의 식을 행하는 곳)와 요사채(승려의 생활과 관련된 곳) 두 개인데, 규모가 작을 뿐 아니라 지붕도 기와가 아닌 슬레이트였고 지은 지도 아주 오래돼 보였다. 이 절에 이듬해 3월까지 약 8개월 동안 머물렀다.

절에는 여든 가까이 되신 행신 스님 혼자 계셨다. 비구니 스님이다. 비구니 절에 내가 들어갈 수 있었던 것은 스님이 연로하고, 또 법주사 앞 터미널 부근에서 '강원식당'을 하는 외숙모님이 이 절의 주요한 신도였기 때문이었다.

스님은 나이가 많으신 데다가 허리도 굽어 거동이 불편했다. 염불을 할 수 있는 형편이 되지 못해 새벽예불도 불경 테이프를 틀어 놓는 것으로 대신했다. 제자 스님이 있긴 했으나 마음이 맞지 않아 다른 곳에서 살았다. 스님이 염불을 하지 못하니 신도가 별로 없었다. 며칠간 단 한 명도 찾아오지 않는 경우도 있었다. 얼마 되지 않는 신도들의 시주로 근근이 절 살림을 이어갔다. 스님도 절도 참 가난했다.

스님은 비구니 절에 남자를 들인 것을 불편해 하시는 것 같았다. 외숙모님을 믿고 받아들이긴 했으나, 나에 대해 아는 것이 없으니 충분히 걱정할 만도 했다. 스님과 단 둘이 있으니 내 밥은 내가 해 먹어야 했다. 반찬 만드는 양념으로 쓰기 위해 산 아래 마을에서 마늘과 파를 사왔더니, 스님은 당장 갖고 내려가 돌려주라고 하셨다. 절에서는 마늘과 파를 먹지 않는다고 하시면서. 행신 스님은 지금껏 내가 만나온 스님들 가운데, 계율로 따지면 단연 최고다. 육식은 당연히 전혀 안 하셨다. 너무 오래 육식을 하지 않은 때문인지 달걀을 넣은 빵조차도 드시지 못했다. 음식을 버리는 경우도 없었다. 여름에 밥이 쉬면 찬물에 헹궈 드실 정도였다. 여름밤에 건물 밖에 불을 켜놓으면 전등 주변으로 하루살이 같은 것들이 날아드는데, 그 아래 땅바닥에서 두꺼비가 바닥으로 떨어지는 하루살이를 받아먹었다. 스님은 그걸 보시고, 살생을 막아야 한다며 꼭 필요한 경우가 아니면 바깥등을 켜지 않았다. 곧잘 나타나는 뱀을 보면 합장을 하고 '다음 생에는 좋은 곳에 태어나라'고 염불을 하라고 하셨다.

봉곡암에 들어가기 전부터 불교에 대한 강한 믿음과 수행의 욕구가 있었던 나는 이 기회에 공부를 겸해 제대로 된 절 생활을 해보고 싶었다. 그런 면에서 봉곡암 생활은 내겐 정말 고마운 기회였다.

새벽 5시 40분이면 일어났다. 세수를 하고, 법당 안에 들어가 촛불을 켜고 향을 피웠다. 샘물을 떠다 청수淸水를 간 다음, 부처님께 참배를 하고 법당 마루와 뜰을 청소했다. 이어서 내 방을 청소하고 법당 뒤쪽에 있는 삼성각(三聖閣 : 불교 사찰에서 산신山神 · 칠성七星 · 독성獨 聖을 함께 모시는 당우. 삼성 신앙은 불교가 한국 사회에 토착화하면서 고유의 토속 신앙이 불교와 합쳐져 생긴 신앙 형태)에 가 법당과 마찬가지로 참배하고 청소를 했다. 봉곡암에 머무는 8개월간, 이 아침일을 한 번도 거르지 않았다. 날이 추워지면서부터는 아침과 저녁으로 두 번씩 법당채와 요사채에 군불 때는 것을 도맡아하였다.

절 살림은 산 아래에서 쌀집을 하는 거사님 부부가 2, 3일에 한 번씩 올라와 맡아서 했다. 스님 밑반찬을 만들고 텃밭을 일구고 땔감을 만들고 여기저기 고쳐야 할 곳을 고쳤다. 처음에는 이분들이 공짜로 일해주는 것으로 알았는데, 나중에 일당을 받고 하는 것을 알고는 마음이 무척 씁쓸했다. 아무튼 난 가끔씩 이분들이 하는 일을 도왔고, 또 이분들이 절에 올라오지 않는 날에 일이 생기면 내가 맡아 했다. 겨울에는 나무도 여러 번 하였다.

이처럼 절 살림에 신경을 쓰고 밥도 내가 일일이 다 해먹다보니, 시험공부할 시간이 부족했다. 이것을 보충하려고 밥을 먹으면서도 책을 보았다. 불을 때면서도 책을 보려 하였으나 그을음이 책 위로 올라앉아 공부를 할 수가 없었다. 깊은 산속에서 스님과 단둘이 살면서 한가하고 게으를 것도 같지만, 절 생활과 시험공부를 같이 해야 했기 때문에 그때 나의 하루하루는 무척 바쁘고 빠듯했다.

봉곡암에서 나는 내 영혼이 맑고 자유로워지는 것을 느꼈다. 신문, 라디오, 텔레비전이 없고, 사람들도 며칠에 한 번씩 오는 정도이니 외부와는 거의 완전히 차단된 삶이었다. 불필요하고 해로운 인공人工의 오염으로부터 벗어나게 되었다. 주변은 온통 자연뿐이고, 먹는 것, 군불 때는 것 등을 스스로 해결해야 하니, 자연과 나 자신을 더 잘 살펴볼 수 있는 기회가 되었다.

방 안에서 한껏 공부를 하고 밖으로 나와 양지 바른 곳에 앉아서, 눈을 감고 들려오는 소리들에 귀를 기울였다. 바람에 흔들리는 나뭇잎 소리, 갈잎 소리 다르고 솔잎 소리 다르다. 새소리도 여러 곳에서 여러 가지로 들려온다. 그 소리들 하나하나에 집중하다보면, 마음이 차분하게 가라앉으면서 기분이 좋아졌다.

겨울이 오기 전에는 뱀 공포에 시달렸다. 봉곡암에는 뱀이 자주 나타났다. 그중 한 마리는 화장실 가는 길가 축대 구멍 속에 자리 잡은 놈인데, 대개는 구멍 밖에서 똬리를 틀고 일광욕을 즐기다 내가 가까이 가면 느릿느릿 구멍 속으로 들어가곤 했다. 화장실 갈 때마다 녀석을 보는 마음이 불안했다. 하루는, 축대 위에서 쌀집 보살님이 사다준 백반을 녀석이 드나드는 축대 구멍 바로 앞에 뿌렸다. 냄새가 역겨웠는지 머리를 구멍 밖으로 쑥 내밀었다가 다시 들어가더니 그후론 보이지 않았다. 녀석이 사라져 안심이 되면서도, 한편으로는 친구를 잃어버리기라도 한 것처럼 허전한 마음이 생기기도 했다.

어느 날, 젊은 비구니 스님 한 분이 봉곡암에 찾아왔다. 며칠간 머문다고 했다. 나보다 몇 살 위였는데, 스님임에도 괜스레 마음이 설레었다. 사람이 워낙 귀한 곳이다보니 젊은 스님과 쉽게 이야기를 나눌 수 있게 되었다. 하루는 이 스님이 내게 어려운 부탁이 있다고 하였다. 물으니, 허리에 쑥뜸을 놓아달라는 것이었다. 주저하는 마음이 있긴 하였지만, 남자로서의 호기심도 꾸역꾸역 일어났다. 스님은 쑥뜸 놓는 방법을 일러주고는 허리 부분을 걷어 올리고 엎드려 누웠다. 이미 네 곳에 쑥뜸한 자리가 있었는데 흉했다. 내심 보드라운 살결을 기대했던지 조금은 실망이었다. 스님은 전에 자원해서 공양주(절에서 먹는 음식을 만드는 사람) 일을 하다가 허리를 다쳤다고 하였다. 노스님에게는 쑥뜸 놓은 것을 비밀로 해달라고 하였다.

쑥뜸은 두 번 더 했다. 마지막은 내가 예비군 훈련 때문에 절에서 나오는 날 하였는데 전보다 양이 세 배는 많았다. 쑥뜸을 하기 전, 둘이서 바위 위에 앉아 1시간 반 동안 원각경 공부를 했다. 스님은 경전공부를 하던 도중, '까치의 교미' '원효스님의 파계'에 대해서도 말했다. 무슨 뜻이었을까. 쑥뜸을 놓으면서 스님의 허리 맨살을 보니 남자로서의 욕망이 솟아나려 했다. 그러나 스스로를 통제하며 쑥뜸만 열심히 놓았다.

예비군 훈련을 마치고 돌아오니 젊은 스님은 떠나고 없었다. 죽염과 함께 편지를 남겼다. 편지를 읽으니, 쑥뜸 놓을 때 일어났던 욕망이 부끄러워졌다.

> 지금 나에게 오시는 이 누구신가. 바람, 꽃, 산, 달…… 원각(圓覺 : 원만한 깨달음, 부처의 깨달음)의 안팎이 깨끗하여 나를 잊고 버선발로 달려가니, 거 오시는 이 부처님, 부처님, 모두 부처님일세. 아, 학생 부처님.
> 세상사 모두를 부처님으로 바로 보지 못하는 무명無明의 어리석은 눈으로 인해, 현상에 대한 분별과 애착심으로 하루에도 만 번이나 일어났다가 사라지는 고통의 바다苦海에서 헤어나지 못하는 중생들의 습習에 묶인 자승자박의 수레바퀴 삶. 어쩌면 그 중생의 습을 떨쳐버릴 수 있는 커다란 복이 있는 분으로 보이는, 귀하신 용기를 내주신 고마우신 학생 부처님께, 원만한 깨달음을 이룬 자유인이 되시옵길 축원드리오며, 제게 있던 물건 몇 가지를 전하고 떠나는 바입니다.
> 부디 뜻하는 바 성취하시옵고 내내 성불成佛하십시오!

봉곡암에 있을 때 1993년에 치른 사법시험 2차 발표가 났는데, 예상했던 대로 떨어졌다. 이듬해 봉곡암을 나오기 바로 전, 다시 사법시험 1차를 치렀는데, 나중에 발표된 결과는 불합격이었다. 밥 먹을 때도 책을 보면서 나름대로 열심히 한다고 하였으나, 절 일에 시간을 빼앗기고, 터미널아가씨에게 마음을 빼앗기다보니, 공부에 밀도가 떨어졌던 모양이다.

	시험에 떨어지긴 했어도 크게 실망하지는 않았다. 봉곡암에서의 8개월은 자연과 인간에 대한 사랑을 배운 시간이었고 그 기간을 통해 내 영혼이 어느 정도 정화되었기 때문이다. 그때나 지금이나 그 8개월은 내 인생에 있어서 가장 소중한 시기 중 하나이다.

	행신 노스님은 내가 봉곡암을 떠난 후에도 나에 대한 축원 기도를 멈추지 않으셨다. 그 덕분인지 1996년 사법시험에 합격하였다. 이후 몇 번 노스님을 찾아가뵈었는데, 내가 서울에서 검사를 할 때 돌아가셨다. 바쁘다는 핑계로 가보지 못한 것이 지금도 너무나 죄스럽다. 큰 눈에 아이처럼 밝게 웃으시던 스님의 모습이 눈에 선하다.

봉곡암
왼쪽이 법당채, 오른쪽이 요사채

어머니를
버리다

　　어머니는 3남 중 둘째인 내가 중학교에 들어가면서부터 곡물 노점을 하기 시작했다. 그때 우리는 충북 청원군 문의면에 살았는데, 어머니는 인근에 있는 청주, 신탄진, 유성 등에서 열리는 5일장에 다니면서 장터에 쌀, 보리, 콩, 조 따위의 곡물을 펼쳐놓고 팔았다. 그 무렵 우리는 다른 사람 땅을 빌려 소작농을 하고 있었다. 농사를 지으면 수확량의 절반을 지주에게 주어야 하기 때문에, 농사를 지어도 수중에 거의 돈이 생기지 않았다. 어머니는 그렇게 농사만 지어서는 아이들 공부를 시킬 수 없다고 판단하고 장터로 나선 것이다.

　　어머니는 곡물을 버스에 싣고 장에 다녔다. 무겁고 여러 개 되는 짐을 버스에 싣고 내리는 것이 무척 고되었을 것이다. 나도 버스를 타고 청주로 통학을 하였기 때문에, 청주장 날에는 하굣길에 가끔

장사를 마치고 돌아오는 어머니와 버스를 같이 타게 되었다. 어머니는 본디 옷이 별로 없을뿐더러 온종일 시장에서 곡물가루와 먼지와 함께 일을 하니 옷차림이 남루할 수밖에 없었다. 난 그런 옷차림을 하고 낑낑대며 버스에 쌀자루를 싣는 어머니가 창피했다. 애써 어머니를 외면하려고 했다. 그렇게 몇 번 하다보니 마음이 불편했다. 어머니는 나를 위해 그렇게 애를 쓰시는데, 그런 어머니를 창피하게 생각하는 나 자신이 너무나도 초라해보였다. 어느 순간, 자리에서 벌떡 일어나 어머니에게 다가가 버스에 쌀자루 싣는 것을 도와드렸다. 그때 난 '앞으로 결코 어머니를 부끄러워해서는 안 된다' '열심히 공부해서 꼭 보답을 하겠다' 고 굳게 결심했다.

어머니는 초등학교 2학년도 채 다니지 못했다. 외할머니가 몸이 편찮으셔서 나이가 어릴 때부터 집안 살림을 해야 했다. 학교를 제대로 다니지 못한 탓에, 한글을 읽기는 하지만 속도가 느리다. 글씨를 쓰는 것도 보지 못한 것 같다.

충북 보은에 살던 어머니는, 24살 때 문의면에 사는 아버지와 결혼했다. 할아버지, 할머니와 함께 살았는데 소작농이라 경제 형편이 매우 어려웠다. 하루하루 끼니를 걱정해야 할 정도였다. 할아버지, 할머니가 어머니를 따뜻하게 대해준 것도 아니었다. 어머니는 아이를 낳았을 때 할머니가 미역국도 제대로 끓여주지 않았다면서 할머니에 대해 갖고 있던 서운함을 여러 번 내게 말했다. 나를 낳았을 때도 먹을 것이 없어, 핏덩이를 천으로 둘러싸고 보은 친정으로 가셨다. 외할머니는 너무나도 어렵게 사는 어머니를 보고, 시댁으로 돌아가지 말라고까지 하셨다.

아버지와 어머니는 문의면에서 더 살기 어렵게 되자, 형을 할아버지 댁에 남겨두고 신탄진으로 이사를 갔다. 아버지는 연초제조창에 취직을 했으나 몸이 아파 제대로 다니지 못했고, 어머니가 생선 같은 것을 이고 다니며 팔아 생계를 이어갔다. 아직 나이가 어렸던 난, 집에 없는 어머니를 그리워하며 많이 울었다고 한다.

우리는 신탄진에서도 정착을 하지 못하고, 다시 외가가 있는 보은으로 이사를 갔다. 아버지는 그곳에서도 몸이 좋지 않았다. 술을 많이 마셔 그랬는지 모르지만, 항상 속이 아프다며 소다(위산중화제)를 드셨다. 그러니 이곳에서도 살림은 온통 어머니가 도맡아 하셨다. 농사도 짓고 장사도 다니면서. 난 그곳에서 초등학교 1학년을 다녔는데, 집에 돌아오면 어머니가 장사를 나가 없는 때가 많았다. 배가 고파 부엌에 들어가면 먹을 것이라곤 찬밥과 간장밖에 없었다. 이것을 들고 마당 한켠에 있는 샘으로 가 먹었다. 어쩌다가 간장이 샘물에 떨어졌는데 둥그런 기름띠가 생겨 퍼져 나갔다. 그것을 보니 갑자기 비위가 상하며 밥맛이 떨어졌다. 이때 경험 때문인지 난 나이가 한참 들어서까지도 국물이 있는 음식에 기름기가 떠 있으면 잘 먹지 못했다. 불행하게도 우린 여기서도 자리를 잡지 못하고, 다시 아버지 고향으로 돌아왔다. 내가 초등학교 1학년을 마칠 무렵이었다. 그리고 어머니는 곡물 노점을 시작하였다.

난 중학교에 들어간 후 아주 열심히 살았다. 새벽 5시 30분에 일어나 조깅을 하기 시작했다. 공부에도 힘을 기울여, 중학교 들어갈 때는 반에서 3등이었던 것이 2학년 때부터는 반 1등을 거의 놓치지 않았고, 고입 연합고사에서는 200문제 중에서 두 개를 틀려 충북 전체에서 차석을 하였다.

학교를 마치고 집에 돌아와서는, 장에서 아직 돌아오지 않은 어머니를 기다리며 설거지를 하고 밥을 했다. 그렇게 밥을 해놓고는 동생을 데리고 큰길로 나가 어머니가 타고 오는 버스를 기다렸다. 어둠 속에서 다가온 버스 안에서 어머니가 내리면 얼마나 반갑던지…… 종종 어머니 손에는 우리들을 위해 귤이나 술빵 같은 것이 들려 있었다.

주말에는 빨래를 했다. 집 빨래 전부를 다 한 것은 아니지만, 적어도 내가 입는 옷은 내가 손으로 빨았다. 고생하는 어머니한테 그것까지 부담을 지우는 것은 도리가 아니라고 생각했다. 그때는 집이 어렵다보니 팬티가 하나밖에 없었다. 일주일 내내 입고 주말에 빨아 월요일에 입어야 하는데, 주말에 게을러 빨지 못하면 월요일 아침에 빨아 입었다. 꼭 짜서 수건으로 감싼 다음 발로 밟으면 물기가 많이 빠진다. 그래도 물기가 남아 있어, 그것을 입고 버스에 타 자리에 앉으면 항상 불안했다. 내가 일어난 뒤, 혹시 자리에 물기가 남아 그것을 다른 사람이 볼까 두려웠기 때문이다.

감수성이 예민해진 나이에 아버지에 대한 미움, 어머니에 대한 안타까움, 다른 집보다 경제적으로나 정서적으로 못한 환경에 있다는 열등감 속에서 많이 흔들렸다. 대인관계에서도 심리적으로 위축되어 친구들을 제대로 사귀지 못했다. 이런 상태가 이어지자, 원만한 사회생활을 위해서는 무조건 공부만 열심히 해서는 안 될 것 같다는 생각이 들었다.

청주 세광고등학교에 공동수석으로 들어갈 정도로 성적이 좋았지만 고등학교 1학년 말부터 가끔 친구들과 어울려 술을 마시고 담배도 피웠다. 화가 나면 칼로 팔뚝을 긋기도 할 만큼 정서적으로 불안했다. 2학년 때는 그동안 꼭 붙잡고 절대로 놓지 않던 공부도 조금씩 내려놓기 시작했다. 여름방학 때 실시된 보충학습에 빠지고, 2학기 기말고사 때는 책을 전혀 보지 않은 채 시험을 보았다. 공부만 열심히 해오고, 그것으로 남들로부터 어느 정도 인정을 받아온 나로서는 대단한 반항이었다.

나의 이런 흔들림에도 한계가 있을 수밖에 없었다. 그 한계선엔 어머니가 계셨다. 어머니는 나와 동생을 경제적으로 뒷받침할 뿐만 아니라, 번갈아가며 주사를 부리는 아버지와 형으로부터 우리를 보호하기 위해 안간힘을 다하셨다. 나는 그런 어머니를 보면서 일기를 쓰며 다짐을 하곤 했다. 불쌍한 어머니의 가슴을 결코 애타게 하지 않겠다고, 가난과 억압, 조소와 비굴함을 겪어야 했던 어머니의 눈에 다시는 서러운 눈물이 괴지 않도록 하겠다고, 이 세상 그 누구보다 더 멋있게 여생을 보내실 수 있도록 하겠다고……

그런데 나중에 한참 더 커서 깨닫게 된 것이지만, 어머니는 흔들리는 나를 잡아주는 존재이기도 했지만, 반면에 나의 자유를 구속하는 존재이기도 했다. 좀더 엄밀히 말하자면, 어머니가 나를 구속했다기보다는 나 자신이 어머니를 내세워 스스로를 구속했다고 보는 것이 맞다. 고생하는 어머니를 위해, 알게 모르게 공부 외에 다른 것들은 희생시키려고 했다. 마음속에 떠오르는 여러 생각, 감정 들도 그대로 인정하기보다는 어느 한쪽으로만 몰아가려고 했다. 그런데 사람의 생각이나 감정은 의지에 의해 제어되는 것이 아니다. 그가 살아온 환경에 터 잡아 아주 자연스럽게 솟아나는 것이다. 그런 것들을 내가 원하는 쪽으로 이끌려고 억누르기만 했으니, 정서적으로 얼마나 불안하고 힘들었겠는가? 힘이 들 땐, 혼자서 술을 마시고, 마음에 담긴 내용들을 일기에 쓰면서 스스로를 다잡으려고 하였다. 당시 난 내 마음을 내 의지대로만 통제하려고 했던 내부 독재자였다. 어리석게도 난 그것이 가능하다고 생각했다.

대학교에 들어가서는 기숙사 생활을 하며 4년간 등록금을 면제받았다. 매달 20만원씩 받는 장학금을 몇 달 동안 모아 어머니께 드리고 이를 해 넣으시라고 했다. 어머니는 아주 오래전부터 이가 몇 개 빠져 있었는데, 돈이 없어 그대로 다니셨다. 앞니가 몇 개 없으니 말할 때 항상 조심하며 자신 없어 했다. 어머니는 내가 드린 돈으로 이는 하지 않고, 집 뒤에 허물어져가는 축대를 다시 쌓는 데 썼다. 어머니는 나중에 내가 사법시험에 합격하고 결혼할 때가 돼서야 틀니를 하셨다. 아들 결혼식에서는 차마 앞니가 빠진 모습을 보일 수 없었던 것이다.

가끔씩 장에 나가 어머니께 맥주를 사드리곤 했다. 한겨울 눈발이 날리는 장터에 앉아 계신 어머니를 보고, 마음속으로 얼마나 울었는지 모른다. 다음에 갈 때 따뜻한 목도리를 사다 드렸더니, 어머니는 너무 좋고 귀한 것이라며 장롱 속에 넣어두고 사용하지 않았다.

내가 대학교에 다닐 때는 물론, 대학교를 졸업하고 사법시험을 준비하고 있을 때도 집안 사정은 크게 달라지지 않았다. 아버지는 여전히 별다른 경제적 활동 없이 술을 마시고 어머니를 힘들게 하셨고, 어머니는 그 불火 속에서도 곡물 노점을 하며 집안 살림을 책임지셨다. 대학 졸업 후에는 더이상 장학금을 받지 못하게 된 내 뒷바라지도 하셨다.

대학교를 졸업하고 20대 중반을 넘어선 상황에서, 사법시험 준비를 이유로 어머니에게서 경제적으로 계속 지원을 받는 것이 내겐 커다란 부담이었다. 다행히 1차시험에 합격했을 때는 대학교에서 매달 일정액을 지원해주었으나 그것만으로는 부족했다. 가끔은 가까운 친구들에게 부탁하여 조금 도움을 받기도 했다. 그러나 난 어머니가 곡물 노점을 해서 부쳐주는 돈에 거의 절대적으로 의존해야 했다. 어머니는 내가 의욕이 꺾일까봐, 어지간해서는 힘들거나 싫은 내색을 하지 않았다. 나이가 들어서도 어머니를 편하게 해주지는 못할망정, 오히려 부담만 주고 있었으니 내 마음은 무척 불편했다. 공부하는 책 위로 자꾸만 어머니 모습이 떠올라 공부를 방해했다. 그렇게 떠오르는 어머니를 지워내려고 하였으나 뜻대로 되지 않았다. 오랜 기간 어머니에 대한 마음을 강하게 가지고 스스로를 억압해온 결과인지도 모른다.

어느 날 청주시 무심천 위로 난 꽃다리(청남교)를 혼자 걸었다. 어머니를 생각했다. 참으로 고단하기만 했던 어머니의 삶이 아프게 떠올랐다. '그 삶을 내가 어떻게 해줄 수 있을까? 아주 오랜 세월이 지났어도 어머니의 삶은 조금도 바뀌지 않았다. 내가 시험에 합격한다고 해도, 아버지와 형의 삶과도 얽혀 있는 어머니의 삶이, 내 뜻만으로 바뀔 수 있겠는가?' 이런 생각들이 흘러 지나가다가, '그건 어머니의 팔자' 라는 생각이 들었다. '그렇다. 그것은 어머니 팔자다' 그런 생각을 하면서 희뿌연 하늘을 올려다보는데, 눈에서 눈물이 흘러

내렸다. 난 거기서 어머니를 버렸다.

그후론 스스로를 억압하지 않으려고 했다. 마음속에서 일어나는 불안을 억누르려고 하기보다는, 있는 그대로 바라보며 견뎌내려고 했다. 처음에는 쉽지 않았지만 차츰 익숙해져 갔다. 도무지 사라지지 않을 것 같던 불안도, 그대로 놔두면 자기가 알아서 사라지는 미묘한 이치를 알게 되었다. 책 위로 떠오르던 어머니의 모습도 천천히 멀어져갔다. 내가 스스로를 억압하여 만든 어머니의 모습과 난 그렇게 이별하였다. 그런 경험을 하면서, 그것이 내부 민주주의라는 사실을 알게 되었다. 내 안에서 생기는 생각이나 감정들은, 내 마음에 들든 들지 않든 억압하고 통제하기보다는 가만히 놓아두고 바라보면 스스로 알아서 정리가 된다. 그것이 진정한 정신건강이다.

내가 만든 어머니와 헤어진 후, 공부나 일상생활에 있어서 한결 건강해지고 정신적으로 힘이 생기기 시작했다. 대인관계가 자연스럽고 원만해졌다. 나 자신을 가능한 있는 그대로 드러내려고 하니, 크게 주저하거나 두려울 것이 없어졌다. 이런 힘으로 아내를 만나 연애를 하고 사법시험에도 자신 있게 합격하였다. 그 힘으로 지난 10년간 검사 생활을 하고 지금의 변호사 생활도 하고 있다. 어머니도 내게 이런 모습을 바랐을 것이다. 스스로 만든 어머니의 굴레 속에서 헤매기보다는 정서적으로 건강한 아들을.

둘째 아들이 사법시험에 합격하고 검사가 되고 변호사가 되었음에도, 70세가 된 어머니는 지금도 당신이 어찌할 수 없는 인연으로 곡물 노점을 하고 있다. 어머니가 다른 사람들과 맺는 인연은 나도

어찌할 수 없다. 다만, 내가 어머니와 맺는 인연 속에서 나름대로 어
머니를 위해 노력할 뿐이다. 그것이 어머니와 나의 팔자고 최선이니
까. 그래서 그런가. 지금도 가끔 어머니를 생각하면 눈물이 나오려
고 한다.

대전 유성장터에서
곡물 노점을 하시는
어머니

나에게도 로맨스를 선물해준 유일한 그녀, 아내

　　1990년쯤 MBC의 '퀴즈아카데미'라는 프로그램에서 한겨레신문의 시사만평 코너인 '한겨레그림판'을 그리던 박재동 화백을 인터뷰했다. 박화백은 1988년 5월 한겨레신문이 창간될 때부터 이 코너를 맡아왔다. 세태를 풍자하는 솜씨가 워낙 빼어나 굉장한 인기를 얻고 있었다. 나도 신문을 사면 이것을 먼저 보곤 했다.

　　기자가 "만약 다시 대학에 가게 된다면 무엇을 가장 해보고 싶습니까?"라고 물었다. 박화백은 "연애 한번 실컷 해보고 싶어요"라고 말했다. 박화백의 말이 내 마음속 숨겨진 곳을 아프게 찔렀다. 그때 난 군복무를 마치고 대학 3학년에 복학할 무렵이었다. 나도 정말 연애를 해보고 싶었다. 그것은 청춘의 본능이요, 권리니까.

　　난 어렸을 때부터 단란한 가정의 품속에서 살아보는 것이 소원이었다. 가정형편상 정서가 불안했고, 그것은 우울한 얼굴로 나타났으며 남들에게 솔직하지도 못했다. 청주대학교에 4년 장학생으로 들어가면서 4년간 등록금 면제에 매달 20만원씩 장학금을 받았다. 대신 고시반에서 합숙하며 사법시험을 준비해야 했다.

고시반 생활은 재미없었다. 모든 것은 시험에만 맞추어져 있었다. 시험 서적 말고 다른 책은 마음대로 읽을 수 없었고, 저녁에는 7시 반까지 돌아와야 했다. '사법시험에 합격해서 집안을 살려야겠다'는 순진한 마음으로 고시반에 들어갔지만, 부자연스러운 통제에는 적응할 수 없었다. 그런 여건에다가 성격마저 소심하다보니, 청춘의 '권리'인 연애는 꿈도 꿀 수 없었다.

2학년을 마치고 군에 갔다. 제대 후 복학해서는 다시 사법시험에 매달렸다. 이번에는 순전히 내 의지에서였다. 2년 3개월간의 군생활을 통해 내가 가야 할 길을 확실히 정한 상태였다. 열심히 공부했다. 4학년 때 1차에 합격했다. 1차에 합격하면 그해는 물론 다음해까지 2차시험을 볼 자격이 주어진다. 그러나 애석하게도 난 그 다음해 2차까지 모두 떨어졌다. 어쨌든 제대 후에도 위와 같이 시험에 매달리다보니, 난 '그토록 하고 싶은' 연애는 엄두도 내지 못했다.

두 번째 2차시험을 치르고 그 발표가 나기 전, 속리산 봉곡암에 들어가 있을 때였다. 일주일에 한 번 마을에 내려와 목욕도 하고 술도 마셨다. 어느 날 신문을 사보기 위해, 버스터미널 대합실 안에 있는 매점으로 갔다. 신문을 하나 들고 만 원짜리를 내니, 주인아주머니가 난색을 지으며 매표소를 가리켰다. 잔돈을 바꿔오라는 얘기다. 매표소로 가 만원을 주고 바꿔달라고 하니, 아가씨가 나를 뚫어져라 바라보았다. 표를 끊는 것도 아니고 그냥 와서 잔돈을 바꿔 달라고 하니, 조금 어이가 없다는 표정이었다. 가만히 보니 예쁘고 인상이 좋은 얼굴이었다. 아가씨는 잔돈을 바꿔주었다. 신문을 사 대합실 밖으로 나와 암자를 향해 가는데, 자꾸만 그 아가씨가 떠올랐다. 발길을 매표소로 돌려 음료수를 한 병 사다주면서 다시 고맙다고 했다. 아가씨 생각이 계속 났다.

며칠 후 예비군 훈련 때문에 청주에 가기 위해 매표소로 갔다. 아가씨에게 알은체를 하니, 그쪽도 나를 알아보면서 "자주 오시네요" 하고 인사를 했다. 난 "속리산에 삽니다"라고 했다. 이후 일주일에 한 번, 마을에 갈 때마다 음료수를 들고 그녀를 찾아갔다. 긴 대화를 나눈 것은 아니지만, 잠시 웃으며 인사말을 나누는 것만 해도 내겐 큰 기쁨이었다. 그 무렵 난 온통 그녀에게 사로잡혀 있었다. 암자에서 공부를 하거나 불을 땔 때도 그녀 생각이 났다. 그때 내 나이 27살이었다. 연애 한번 제대로 해보지 못하고 20대를 그냥 보내고 싶진 않았던 모양이다.

하루는 편지를 들고 대합실로 갔다. 그녀는 출근 전이었다. 편지는 '당신과 사귀고 싶다. 답을 줄 때까지 대합실 안에서 기다리겠다'는 내용이었다. 잠시 후 출근한 그녀가 자리에 앉자마자 그녀에게 다가가 편지를 주고 대합실 의자로 돌아와 앉았다. 그녀는 편지를 읽자마자 바로 내게 다가와 사귀는 남자가 있다고 하였다. 실망이 컸으나 어쩔 수 없었다. 잊을 수밖에.

그런데 시간이 지나도 잊히지 않았다. 오히려 더 생각이 났다. 다시 일주일에 한 번씩 음료수를 들고 찾아가 인사를 주고받았다. 그녀가 싫어하지 않았다. 그렇게 시간이 지나다보니, "애인이 있다"는 그녀의 말이 거짓말일 수도 있다는 생각이 들었다. 기회를 잡아 다시 물어보니, "깊은 사이는 아니다"라고 했던 것 같다. 다시 희망을 품고 그녀에게 마음을 모았다. 그러나 그녀와 데이트를 하는 것은 쉽지 않았다. 마을 안에 그녀의 부모님이 운영하는 식당이 있고, 마을 사람들이 다 그녀를 알고 있었기 때문이다. 그런 마을에서 낯선 남자와 데이트를 한다는 것은 상상하기도 쉽지 않았을 것이다. 그 때문이었을까. 그녀는 내가 속리산을 떠나기 전, 다시 "나랑 사귈 수 있느냐"고 물었을 때 역시 "남자가 있다"고 대답했다.

속리산을 떠나서도 그녀 생각은 계속 났다. 그곳을 떠나면 잊힐 줄 알았는데, 그렇지 않았다. 두 달 정도에 한 번, 속리산에 있는 외갓집과 봉곡암에 가면서 그녀에게도 들렀다. 몇 번 그렇게 하면서, 그때까지 몰랐던 그녀의 이름도 알게 되고 편지도 쓰게 되었다. 전화도 가끔씩 하였다. 그것을 그녀가 싫어하지는 않았다. 오히려 반겼다. 그것이 거의 1년은 지속되었다. 그래도 그녀는 끝내 내게 마음을 다 열지 않았다. 그녀가 매표소를 그만두고 서울로 가면서, 나의 구애求愛도 멈추게 되었다. 마지막으로 그녀의 동료가 있는 속리산 매표소로 편지와 함께 고은 선생의 『사랑을 위하여』라는 책을 보냈다. "정성을 다해 당신을 좋아했습니다"라는 메시지와 함께.

1년이 넘는 기간 동안, 속리산 아가씨를 연모하면서 난 사랑의 감정을 제대로 배울 수 있었다. 하루에도 수없이 변하는 그 마음, 의지로는 어찌할 수 없는 그 마음, 조금이라도 거짓이 끼어서는 안 되는 그 마음, 나보다는 상대를 배려해야 하는 그 마음, 상대를 얻기 위해서는 내가 먼저 나를 보여주어야 하는 그 마음, 그 사랑의 기술을 '터득' 한 상태에서 지금의 아내를 만났다.

속리산 아가씨에게 마지막 편지를 쓴 다음해, 다시 사법시험 1차에 합격하고 2차시험까지 치르고 발표를 기다리고 있었다. 그때 후배 약혼녀로부터 아내를 소개받았다. 아내의 첫인상은 무척 순수했다. 너무나도 깨끗해 보여, 나같이 마음이 어두운 사람이 과연 접근해도 되는가 하는 생각이 들 정도였다. 다행히도 아내는 내게 호감을 보였다. 당시 난 시험을 마친 후라 청주에서 공사판에 나가 막노동을 하고 있었고, 아내는 단양에서 교육행정직 공무원으로 일하고 있었다. 같이 단양 구인사 옆 산에 올랐을 때 땀을 닦으라고 손수건을 주었더니, 이를 갖고 가 다림질해 다음에 만날 때 돌려주었다. 음식 이야기를 하면서 "찌개를 좋아하지 않는다"고 했더니, "그럼 잘됐네요" 하며 좋아했다. 내가 공사판에 나가 막노동 하는 것을 걱정하면서, 전화로 "다치지 않게 조심하세요"라고 걱정도 해주었다.

그렇게 아내와 사귄 지 4개월 정도 지났을 무렵, 2차시험 발표에서 떨어졌다. 합격을 기대했는데 아까운 점수 차였다. 그래도 2차 응시 기회는 한 번 더 남아 있었다. 다시 공부하러 서울로 올라가야 했다. 아내를 만나 서울에 간다고 하니 얼굴이 어두워졌다. 만난 지 4개월이 되었지만, 서로 멀리 떨어져 있었기 때문에 자주 만나지 못했고, 아직 애인 사이라고 할 정도는 아니었다. 서울로 가는 내 발걸음도 무거웠다. 어쩌면 더 만나지 못하게 될지도 모른다고 생각했다.

서울 신림동 고시원에 도착했지만, 그날은 아내에게 전화를 하지 못했다. 솔직히 아내가 어떤 반응을 보일지 두려웠다. 다음 날 저녁

아내에게 전화를 했다. 뜻밖에도 아내는 "왜 어제 전화하지 않았어요?"라고 했다. 그 말로써 나에 대한 아내의 사랑을 의심없이 읽을 수 있게 되었다. 밤마다 하루에 한 번은 전화를 했다. 그때는 공중전화를 이용했다. 고시촌이 밀집한 지역이라 공중전화는 대개 만원이었다. 한산한 곳을 찾아, 20여 분 걸어가 전화를 걸기도 했다. 그렇게 걸어가서도 통화를 하지 못하고 오는 날이면 무척이나 허전했다. 밤길을 터벅터벅 걸어 고시원으로 돌아오는 발걸음이 얼마나 쓸쓸하던지……

난 서울에 있고, 아내는 단양에 있다보니, 실제로 만나는 것은 쉽지 않았다. 아내가 두어 번 서울에 올라왔다. 한 번은 돌아가는 아내를 단양까지 배웅하고 밤 기차를 타고 올라와 새벽이 다 돼 고시원으로 돌아왔는데, 힘들었는지 코피가 다 났다. 멀리 떨어져 있다보니 애틋함이 더한 것 같았다. 기회가 될 때는 청주에서도 몇 번 보았다. 만날 때는 주로 돈을 버는 아내가 밥을 사고 술을 샀다.

난 아내를 만나면서 처음에는 우리의 집안을 드러내는 것이 부끄럽고 힘들었다. 그러나 만남이 계속되면서 모든 것을 다 이야기할 수 있게 되었다. 나의 소심함도 그대로 보여주었다. 아내는 나의 힘든 이야기를 다 받아주고 은은한 눈빛으로 격려해주었다. 나보다 5살 어린 아내는 나의 거의 전부를 이해하고 믿었다. 그 힘으로, 난 오랜 기간 마음속에 쌓여 있던 어둠을 조금씩 밀어내면서 건강한 사회인이 될 수 있었다. 시험공부에도 힘이 생겼다.

2차시험을 치르고 청주로 내려왔다. 난 바로 처가에 가 인사를 드리고 싶었다. 아내와는 그전부터 그렇게 하기로 이야기가 되어 있었다. 그런데 막상 시험이 끝나고 나니, 아내가 말렸다. 사실은 처가에서 우리의 만남을 반대한다는 것이었다. 그때까지 난 아내가 우리의 만남을 처가에 다 이야기하는 줄 알았다. 그런데 그렇지 않았던 모양이었다. 반대 이유는 아내와 내가 5살 차이가 나는데, 이것은 사주팔자를 보는 사람들이 안 좋게 보는 '원진살' 이기 때문이란다. 아내가 구체적으로 이야기를 하지 않아도, 내가 지방대 출신이라서 시험 합격 가능성도 높지 않고, 집안도 그리 내세울 것이 없다는 것도 작용했을 것이라는 생각이 들었다.

아내를 데리고 시장에서 곡물 노점을 하는 어머니에게 갔다. 이미 어머니는 아내를 며느리로 생각하고 계셨다. 난 아내에게, 이렇게 훌륭한 어머니 밑에서 당당하게 자랐고, 부끄러울 것이 조금도 없다는 것을 확인시켜주고 싶었다. 그러고는 아내와 함께 처가로 갔다. 예상대로 장모님은 조심스럽지만 분명하게 반대 의사를 표현하셨다. 지금 생각하면, 2남 2녀 중 큰딸을 처음으로 시집보내는 입장에서 충분히 그럴 만하다고 이해가 간다. 그날 난 무례하게도(사실 잘 몰랐다. 순수한 마음만 있으면 된다고 생각했다), 처가에 처음으로 인사를 가면서 청바지 차림이었고 선물도 없이 맨손이었다. 그러나 그때는 나의 참모습을 알아주지 못하는 것 같아 서운했다.

처가에서 반대해도, 우리의 만남은 계속됐다. 그러나 마음 한편으로는 불안했다. 만약 이번 시험에 떨어지면 어떻게 할 것이냐가 걱정되었다. 이미 서른 살이 된 상황에서 시험공부를 더 할지를 고민해야 했다. 평생 내 뒷바라지에 힘들다는 내색 한 번 하지 않던 어머니께서도 지난 시험을 앞두고는 "이젠 힘들다"는 말씀을 하셨다. 더이상 어머니께 기댈 수는 없는 일이었다. 더 공부를 한다면 내가 벌어서 해야 한다는 생각을 했다. 그렇게 되면 내가 계속 아내를 붙들고 있을 수 있겠는가. 아내에게도 그렇게 할 수는 없다는 생각이 들었다. 아내가 나를 떠나게 하는 것이 도리라 생각했다. 아내가 떠나지 않으면 내가 떠나야 한다고 생각했다.

다행히 그해 11월 2차시험 발표에서 합격했다. 합격 소식은 순천 송광사에서 들었다. 발표 전날 그곳에 내려가 송광사 부근 여관에서 잔뜩 술을 마시고 잠들었다가, 새벽에 송광사에 가 108배를 하고 나와 공중전화로 합격을 확인했다. 기쁨과 함께 어머니와 아내가 떠올랐다.

집에 가기 전, 충북 괴산으로 가 아내를 먼저 만났다. 그때 아내는 괴산에서 근무하고 있었다. 함께 버스를 타고 화양동 계곡으로 가, 개울가에 앉아 합격의 기쁨을 나누었다. 그 자리에서 아내가 말했다. 아침에 괴산교육청에서 근무하시는 장인어른 차를 타고 출근하면서 동쪽 산에서 떠오르는 해를 보고, "내게서 떠나가도 좋으니, 오빠가 꼭 합격했으면 좋겠다"고 기도했다고 하였다. 그렇게 말하는 아내가 얼마나 사랑스러웠는지 모른다. 우린 이듬해 7월 결혼했다.

난 정말로 다행스럽게도, 이해심 깊고 따뜻한 아내 덕분에 20대가 다 가기 전에 연애다운 연애를 할 수 있었다.

하루에도 수없이 변하는 그 마음,
의지로는 어찌할 수 없는 그 마음,
조금이라도 거짓이 끼어서는 안 되는
그 마음……

틀에 박히지 않고 자라는 아이들

선재가 5살 때다. 저녁을 먹은 다음 쉬고 있는데 해빈이가 제 엄마에게 와, "선재가 '씨발'이라고 했어요" 하고 일렀다. 어디서 그 말을 배웠는지 아이들에게 물어보니, 앞집에 사는 초등학교 3학년 남자아이에게서 배운 것이라고 하였다. 하루에도 서로 몇 번씩 만나 어울리니 어쩌면 그 말을 배우는 것이 자연스러울지도 모르겠다. 아내는 선재에게 "다시 그런 말을 하면 혼날 줄 알아"라고 경고하고는 일단 용서해주었다.

그로부터 10분이나 지났을까. 녀석은 다시 또 그 말을 하였다. 아내는 더이상 용서할 수 없는 모양이었다. 해빈이에게 파리채를 가져오라고 시켰다. 난 선재 옆에 누워 있었는데, 선재의 얼굴이 측면으로 보였다. 누나가 파리채를 가져오는 사이, 그 얼굴에 드리운 공포심이란…… 아내는 해빈이에게서 파리채를 받아들고 바로 때리지는 않고, 녀석으로부터 다시는 그런 말을 하지 않겠다는 다짐을 받고서야 손바닥을 한 대 때렸다. 그렇게 맞는 것을 기다리는 시간이, 어쩌면 녀석에게 더 힘들었는지도 모른다. 녀석은 한 대 맞고 나서도 여전히 겁에 질린 채 제 엄마를 바라볼 뿐 울지 못하였다.

난 옆에서 계속 녀석의 표정을 살피고 있었다. 안쓰러웠다. 5살 어린 나이에 저런 공포심을 경험해야 하다니. 그런 말을 한 것이 어찌 녀석의 잘못만이랴. 녀석은 그런 말을 하는 것이 왜 잘못인지도 모를 것이니 그 말을 했다는 이유로 맞는 것이 본능적으로 억울할지도 모르겠다. 한 번 경고했음에도 이를 어겼다는 이유로 때린다면, 그것 또한 5살 어린아이에게 너무 가혹하지 않은가. 그렇다고 그런 말을 하는 것을 그냥 놓아둘 수도 없고. 아이를 키운다는 것이 쉽지 않다.

안쓰러운 마음에 녀석을 안아주었다. 녀석은 기다렸다는 듯이 내 가슴에 머리를 기대었는데, 녀석의 두 눈에서 그때까지 참았던 눈물이 한두 방울 스며 나왔다. 잠시 후 녀석을 떼어내려고 하였더니 녀석은 아직 감정이 진정되지 않았는지, 더 힘주어 나에게 기대었다. 오래전 어느 법회에서 들은 이야기가 기억이 났다.

옛날 어느 스님이 절에서 어린아이 하나를 키우고 있었다. 그 아이는 어른에게 함부로 반말을 하는 등 세속으로 보자면 버릇없기 짝이 없었다. 그래도 스님은 녀석을 나무라지 않고 그냥 자연스럽게 자라도록 놓아두었다.

그러던 어느 날 스님이 출타하고 없는 사이, 절에 손님이 한 명 찾아왔는데, 녀석이 나이가 제법 든 손님에게 공손하지 못하고 함부로 반말을 하였다. 이에 놀란 손님이 아이를 크게 혼내고 다시는 반말을 하지 못하도록 가르쳤다.

스님이 외출에서 돌아오니, 아이가 "스님, 잘 다녀오셨습니까?" 하고 전에 없이 공손히 존대를 하였다. 너무나도 놀란 스님이 아이에게 그렇게 바뀐 연유를 물으니, 아이가 그동안 손님이 다녀갔고 그로부터 가르침을 받은 이야기를 하였다.

그 말을 듣고, 스님이 혀를 찼다.

"이제 아이를 버렸구나."

얼마 전 고등학교 친구와 저녁을 먹었다. 서로 이야기를 주고받던 중, 친구가 언젠가 논산 지역을 지나다가, 아이들이 옛날식으로 훈장선생님에게 가르침을 받는 곳이 있어 보고는 감명을 받았다고 했다. 아이들이 그렇게 배우면 예의가 엄청 바를 것이라고 하였다. 난 반대 의견을 폈다. 그곳 교육이 구체적으로 어떻게 이루어지는지는 모르겠지만, 아이들에게 일방적으로 강요하다보면, 아이들 스스로 자연스럽게 자라지 못하고 일정한 틀에 갇히게 된다. 조선시대 성리학이 주자의 해석만을 유일한 진리로 강요하여 사회를 얼마나 답답하고 폐쇄적으로 만들었는가? 이렇게 이야기를 하니, 친구도 조금은 수긍하는 것 같았다.

사실 어른들 가운데 아이들을 제대로 가르칠 만한 사람이 과연 몇이나 될까? 별다른 깨달음 없이, 그저 자신이 자라면서 어른들에게 일방적으로 배웠거나, 주변에서 많은 사람들이 하는 것을 맹목적으로 답습하여 아이들에게 강요하는 것이 태반이다. 어른들 자신도 무엇이 진정한 교육인지 모른다. 먹은 나이만큼이나 머릿속에 고정관념이나 굳은 틀이 박혀, 사물을 있는 그대로 보지 못한다. 그런 면에서는 아이들보다 훨씬 더 못하다. 그러면서도 아이들을 가르치려고만 하니, 그것이 제대로 되겠는가?

참다운 가르침은 강요나 주입이 아니라, 사물을 대할 때 자신에게서 어떤 느낌이나 생각이 드는지를 살피도록 하는 것이다. 그때 떠오르는 느낌이나 생각은 옳고 그른 것이 없다. 그냥 바라보고 표현하도록 할 뿐이다. 아이들은 이런 과정을 통해 스스로 터득하고 자란다.

나는 20대 중반까지만 해도 학교나 책에서 배운 고정관념(틀)에 빠져, 스스로 느끼고 생각하는 것의 소중함을 알지 못한 채 괴로워했다. 그러다가 산과 들로 다니면서 그곳에서 자연스럽게 자라는 나무와 풀 들을 보고, 꼬이고 꼬였던 정서가 순화되는 참으로 가치 있는 경험을 하였다. 난 이 경험을 바탕으로 가능하면 자연과 함께 하며 아이들을 틀에 박히지 않게 키우려고 노력하였다.

나는 먼저 아이들 이름을 지을 때도 기존의 틀에서 벗어나고자 했다. 큰애 이름은 '해빈'이다. 한자를 넣지 않았다. 해처럼 밝게 빛나서 주변의 어둠을 밝히라는 뜻으로 그렇게 지었다. 불교적으로 말하면, 깨달음을 얻어 중생의 어리석음을 깨우쳐주라는 의미다. 이름의 '빈' 자는 '빛나다'의 '빛'을 소리 나는 대로 읽은 것이다. 작은애 이름은 '선재'다. 불교 경전인 화엄경 입법계품에 나오는 주인공이다. 전에 사법시험 공부를 할 때, 고은 선생이 지은 『소설 화엄경』을 아주 열심히 읽었다. 이 소설은 어린 선재가 깨달음을 얻기 위해 여러 스승들을 찾아다니는 과정을 다루었다. 선재가 만나는 스승들은 보살, 승려, 노예, 창녀, 신 등 다양하다. 선재는 아무런 선입견 없이 이들을 만나면서 하나씩 세상에 눈을 떠갔다. 소설 곳곳에서 장엄한 서사시를 만나면, 소리 내어 읽으면서 커다란 희열을 느꼈다. 그렇게 『소설 화엄경』을 두 번 읽고, 평생토록 보관하기 위해 양장본을 하나 더 구입하기도 했다. 그 무렵, 나중에 아들을 낳으면 이름을 '선재'로 짓기로 마음먹었다. 화엄경의 선재는 '善財'라는 한자 이름이지만, 우리 선재에게는 한자를 넣지 않았다.

아이들 이름에 한자를 넣지 않은 이유는, 내가 살아보니, 이름에 한자가 반드시 필요한 것은 아니었기 때문이다. 돌림자를 맞추고, 한자 획수를 따져가며 이름을 짓는 것이 내겐 참으로 부질없는 짓으로 여겨졌다. 그런 것들은 군더더기로 자연(우주)의 이치를 깨닫는 데 장애가 될 뿐이다. 불교적인 의미로 이름을 지은 것도 하나의 '틀'이 아니냐고 돌이켜 물으면, 할 말은 없다.

난 아이들이 아주 어릴 때부터 산에 자주 데리고 다녔다. 우린 여행을 갈 때면 언제나 새벽부터 집을 나선다. 그렇게 가면, 거의 우리밖에 없어서 이른 아침 차분하게 가라앉은 산기운을 우리 가족끼리 고요하게 만끽할 수 있다. 아이들이 힘들어 할 때는 업어주거나 목말을 태우기도 한다. 3살 된 해빈이를 데리고 강화도 마니산 정상에 올랐을 때는 아이를 거의 업거나 안고 다녔다. 아이와 함께 산행을 할 수 있다는 즐거움에 힘든 것은 다 잊을 수 있었다.

전주에서 검사로 일할 때, 아이들과 함께 인근에 있는 모악산에 갔다. 일요일, 화창한 날씨 탓에 산을 찾은 사람들이 많았다. 산 중턱에 있는 대원사까지 다녀왔다. 내려오는 길에 많은 사람들의 발길로 반질반질해진 길바닥이 6살 된 해빈이는 걱정이 되었던 모양이다.

"아빠, 흙은 사람들이 저렇게 많이 밟고 다니는데 안 아파?"

갑작스런 질문에 선뜻 대답할 말을 찾지 못하다가, "흙은 힘이 세어서 안 아파"라고 대답했다. 믿지 않는 눈치였다. 조금 더 내려가다가 녀석이 다시 물었다.

"아빠, 나무들은 저렇게 계속 서 있어도 안 힘들어?"

이번에도 난 "나무는 힘이 세어서 괜찮아" 하고 자신 없는 대답을 할 뿐이었다. 다 내려와서 녀석은 또 물었다.

"아빠, 나무와 동물 들은 왜 얘기를 안 해?"

"나무와 동물 들도 이야기를 하는데, 우리가 알아듣지 못하는 거야."

"왜?"

"몰라, 네가 커서 공부해서 아빠 좀 가르쳐줘."

"아빠가 이따 집에 가서 공부해서 가르쳐주면 안 돼?"

해빈이는 그렇게 자연과 함께하면서, 호기심을 가지고 자연을 알아갔다.

"동물 들이 왜 얘기를 하지 않느냐?"고 묻던 녀석은, 8살이 되어 경기도 양주 운길산에 올랐을 때, 산새가 '쨱쨱' 우는 소리를 듣고는 "새는 참 좋겠다"고 말했다. 그 이유를 물으니, 새는 우리같이 말을 많이 안 배우고 '쨱쨱' 소리 하나만 배우면 되니까 얼마나 좋겠냐는 것이다. 막 초등학교에 들어간 녀석은 '배우는 것'에 스트레스를 받고 있었던 것 같다. 말을 하지 않는 것이 안타깝게 보였던 동물이 이제는 부러운 대상이 되었다. 이날 우리는 진달래 꽃잎을 따 먹고, 집에도 가져와 화전을 만들어 먹었다.

아내와 난 야영에도 노력을 기울였다. 선재가 태어난 지 8달쯤 되었을 때 텐트를 사 지리산 뱀사골과 백무동으로 가 이틀을 잤다. 선재가 집에서 땀띠로 무척 고생을 했는데 야영 이틀 만에 다 나았다. 아내와 난 텐트 바닥이 차갑고 울퉁불퉁하여 잠을 제대로 자지 못하였지만, 아이들은 찬 바닥이 좋았던 모양이다. 이후 우리들은 열심히 야영을 다녔다. 자연 속에 폭 파묻혀, 좁은 텐트 안에 가족끼리 다닥다닥 붙어 사이좋게 잠을 자고, 산길을 산책하고, 계곡물에 들어가 몸을 담그면 더 부러울 것이 없이 행복했다.

우리가 많이 갔던 곳은 치악산이다. 처음에는 금대리에 있는 자동차 야영장에 다녔는데, 나중에는 구룡사 쪽 자동차가 들어가지 않는 대곡 야영장이 더 좋아졌다. 차가 들어가지 않으니, 사람들이 거의 없어 무척 호젓하다.

몇 년 전 서울에서 일할 때에는 금요일 오후 근무를 마치자마자 집으로 돌아와, 저녁을 먹고 바로 대곡 야영장으로 떠났다. 가는 도중에 날이 저물어 구룡사에 도착했을 때는 깜깜했다. 구룡사 매표소는 낮에는 출입을 관리하지만 밤에는 개방한다. 조금 무섭긴 했지만 이미 전에도 밤에 와본 적이 있어 무서움의 정도는 크지 않았다. 이것은 처나 아이들도 마찬가지였다. 구룡사 주차장에 차를 세워놓고, 짐을 정리해 둘러메고 대곡 야영장으로 향했다. 내가 짐을 잔뜩 짊어지니 아이들은 자기들에게 짐을 더 달라고 하였다. 아이들은 어둠 속에서 전등을 켜고 산길을 걸어가는 것을 신기하고 재미있어 했다.

대곡 야영장까지 가는 길은, 선재가 가끔 돌부리에 걸려 넘어질 뻔했어도 익숙한 길이었다. 차를 세운 곳에서 야영장까지는 걸어서 15분 정도 걸렸다. 야영장에 다 가서는 길가 난간에 꽃, 곤충 등의 사진을 걸어놓았는데, 선재가 전에 왔을 때에도 그곳에 버섯 사진이 있었다면서 반가워하였다.

산속 야영장에는 우리밖에 없었지만, 그리 긴장되거나 조급하지 않았다. 이미 두 번이나 그런 경험을 해본 덕이었다. 텐트를 다 치고, 아이들은 안에서 잠자게 하고, 밖에서 아내와 둘이 이런저런 이야기를 나누며 소주를 마셨다. 주변에 거스르는 것이 전혀 없으니 대화에 집중이 되었다. 하늘의 별이 밝기는 했으나 기대만큼 빽빽하지는 않았다. 밤에 잘 때는 무척 추웠다. 다리가 시려 잠을 제대로 잘 수 없었다. 선재도 잠을 자다가 깨어, 추워서 잠을 잘 수가 없었다고 하였다. 밤이 언제 다 가나 싶었는데, 자다 깨다를 몇 번 하다 보니 날이 새었다. 날이 새기도 전에, 텐트 바깥으로 등산하러 오는 사람들 소리가 들렸다.

우린 8년 전에 산 구형 텐트(터널형)를 아직까지 쓰고 있다. 그 밖의 장비도 버너, 코펠, 작은 접이의자, 매트리스, 침낭 등이 전부다. 야영을 많이 해보고 짐도 간소하다보니, 장비를 펴고 걷는 데 30분도 걸리지 않는다. 이렇게 단순하고 간소한 야영이 자연을 제대로 느낄 수 있게 해준다.

내가 영국에서 1년간 연수를 받을 때도, 우리 가족은 차에 텐트와 밥솥을 싣고 유럽 여러 나라를 다니며 야영을 했다. 유럽의 도시를 다닌 것보다 야영을 하면서 만난 사람들, 산토끼, 데이지꽃 같은 것이 더 기억에 남는다. 난 우리 아이들이 이처럼 산에 다니고 야영을 하면서, 알게 모르게 스스로 배운 것이 학교나 책을 통해서 배운 것보다 훨씬 더 많고 깊다고 생각한다.

아내는 5살 선재의 '씨발' 사건 이후, 내가 그 사건을 바라보며 쓴 글을 보고는, 아이들에게 매를 대는 것을 그만두었다. 그것이 아이들의 자연스러운 성장에 방해가 된다는 것을 깨달았기 때문이다. 매로 아이들의 의지를 일시적으로 꺾을 수는 있으나, 아이들이 그것을 진정으로 받아들이지 못하면(의식은 받아들일 수 있으나, 무의식은 그렇지 못한 경우가 대부분일 것이다), 이것은 억압이 될 뿐이고, 나중에 틀림없이 부작용으로 나타난다.

요즘 우리 아이들 학원비는 한 달에 10만원 나간다. 선재의 태권도 학원비다. 해빈이는 유치원 때부터 초등학교 6학년 때까지 피아노학원에 열심히 다녔는데, 중학교 입학을 앞두고 그만두었다. 그리고 수학학원에 몇 달 다니더니 이것도 그만두었다. 수학학원도 자기가 원해서 간 것인데, 솔직히 우린 그만두기를 원했다. 아이들이 공부를 하거나 친구를 사귀거나 하는 것에 대해, 우린 가급적 간섭을 하지 않고 아이들의 의사를 존중하려고 한다. 자신이 하는 일, 해야 할 일에 대해 스스로 살피도록 하는 것이야말로 가장 큰 공부라고 생각하기 때문이다. 그렇게 해야만, 아이들은 틀에 박히지 않고 산속의 나무처럼 당당하고 힘있게 자랄 수 있다.

다만 길에 휴지를 버리거나 하여 다른 사람에게 피해를 주거나, 텔레비전을 많이 보거나 컴퓨터를 많이 하여 바보가 되는 것은 다소 통제를 하려고 한다. 이것도 가능한 강압적으로 하기보다는 네 식구

가 동그랗게 둘러앉아 각자의 생각이나 느낌을 나누면서 한다. 아이
들도 다행히 이런 나누기 시간을 좋아한다.

춘천시 강촌에 있는
등선봉에서 아이들과

설악산 야영
자연은 아이들의 상상력을 깨운다

아이들 칭찬하고
나무라기

어제는 토요일을 맞아 모처럼 아이들을 데리고 청원군 문의면에 있는 부모님 집에 갔다. 최근에 몇 번 나 혼자 시골집이나 어머니가 노점을 하는 장터로 가 어머니를 뵈었는데, 어머니가 아이들을 보고 싶어 하시는 눈치였다. 미리 전화를 드렸더니, 칠석七夕을 맞아 대청댐 부근 산 중턱에 있는 절인 현암사에 간다고 하셨다. 우리가 어머니를 모시고 가기로 하였다. 아침에 집을 나서는데 어느새 기온이 부쩍 올라 무척 더웠다. 아이들은 "날이 이렇게 더운데 산에 어떻게 가냐?"며 불만을 터뜨렸다. 그러면서도 중학교 1학년인 해빈이는 할머니를 꼭 봐야겠다고 했다. 그 이유를 물으니, 학교 기말고사에서 성적이 좋게 나온 것을 자랑하고 싶다고 했다. 녀석은 전교에서 몇 손가락 안에 들 정도로 성적이 괜찮았다.

시골집에 가니, 부모님 모두 반가워하셨다. 특히, 해빈이는 키가 많이 컸다며 조금은 놀라워하셨다. 어머니는 해빈이로부터 기말고사 성적을 듣고서는, "어쩜 그렇게 공부를 잘하느냐"며 한껏 치켜세우셨다.

어머니를 모시고 현암사에 갔다. 지난 2월 뇌출혈로 쓰러지셨던 어머니는 이제 거의 다 회복하여 경사가 급한 길을 잘 오르셨다. 아이들도 집에서 출발할 때 불평하던 것과 달리 군말 없이 잘 올랐다. 어머니는 대웅전과 삼성각에 들어가 참배하시고, 그곳에서 50여 미터 떨어진 석탑에도 가 참배를 한 다음, 당신이 사줄 테니 신탄진에 있는 아는 고깃집으로 점심을 먹으러 가자고 하셨다.

해빈이는 이것저것 가리지 않고 잘 먹는다. 어머니가 안내하는 식당에 가서도 쉬지 않고 꾸준히 잘 먹었다. 어머니는 그런 해빈이를 보시고 밥을 참 잘 먹는다고 칭찬을 하셨다. 이에 반해, 선재는 식성이 까다로운 편이다. 특히, 오이는 냄새도 맡기 싫어할 정도다. 식사도 가만히 앉아서 하지 못하고, 밥 먹는 중간 중간 다른 곳에 가 놀거나 누워 있다가 다시 밥상으로 와 밥을 먹곤 한다. 가만히 앉아서 밥을 먹으라고 수도 없이 지적해도 쉽게 고쳐지지 않는다. 그런 녀석이, 그래도 할머니와 같이 있는 때문인지, 식당에서는 자리를 지키고 앉아 천천히 음식을 먹었다.

그런데 어느 순간, 선재가 바로 옆에 앉아 있던 제 엄마 귀를 손으로 가리고 귓속말을 하였다. 난 남들과 함께 있는 자리에서 귓속말을 하면 안 된다고 선재를 나무랐다. 선재를 혼내기보다는 녀석이 무슨 말을 했는지 궁금해서 그렇게 한 것인데, 아내는 그 자리에서 선재가 한 말을 공개하지 않았다. 나중에 아내에게 들으니, 선재는 자기도 키가 크고 열심히 밥을 먹는데 할머니가 누나만 칭찬하는 것에 대해 불만을 말하였다고 한다.

　어른들도 마찬가지지만, 특히 아이들은 다른 아이와 비교당하는 것에 대해 굉장히 예민하다. 선재는 제 누나만큼 학교 성적이 좋지는 않다. 학급석차는 매기지 않지만 여러 가지 정황을 종합하면, 중간도 되지 않을 때가 많다. 물론 난 이것에 아직은 거의 신경을 쓰지 않는다. 일제고사로 상징되는 현재의 교육풍토에서, 극단적인 성적지상주의의 산물인 석차에 별다른 의미를 부여하고 있지 않기 때문이다. 오히려 그것에 과도한 의미를 부여하는 것은 아이의 정서를 왜곡시킬 수 있다고 생각한다. 그런 이유로 선재는 태권도장에 보내고, 해빈이는 자기가 원하는 기타를 배우게 하는 것 외에는 과외를 하지 않고 있다.

　그런데 해빈이는 남들에게 지기 싫어하는 성격 때문인지 스스로 공부를 열심히 한다. 아침에도 일찍 일어나 책(주로 문제집)을 본다. 이따금씩 스트레스를 받으면서도 '시험을 위한' 공부에 손을 놓지 않는다. 나와 아내는 해빈이에게 "그런 시험공부는 크게 중요하지 않으니 편안하게 해라. 시험성적이 잘 안 나와도 괜찮다"고 말한다. 그래도 녀석은 우리 말에 별로 귀를 기울이지 않고, 오히려 성적이 잘 나왔는데도 별다르게 칭찬을 하지 않는 우리를 조금은 원망한다. 다른 아이들은 성적이 오르면 아빠 엄마가 이것저것 사준다고 하면서.

　가만히 보면, 선재가 사물에 대한 이해력이 떨어지는 것은 아니다. 암기를 통해 시험문제를 푸는 것에서는 아직 남들에게 뒤지지만, 대상을 전체적으로 보는 능력은 뛰어나다. 녀석은 밭에 가거나 산책하고 운동하는 것을 좋아한다. 녀석은 시험공부보다는 이렇게 직접 몸으로 부딪치면서 세상을 배우고 있다. 특히, 운동에 남다른 집중력을 보인다. 재작년 서울에서 청주로 이사를 와 태권도장에 다니면서 품새 배우는 것을 즐겼는데, 날마다 학원에서 배운 것을 혼자서 연습하더니, 어느 때부터는 인터넷을 보고 태권도 품새를 거의 다 스스로 익혔다. 작년에는 야구에 빠져 내가 60% 정도의 힘으로 던지는 공도 곧잘 받아내더니, 올해는 축구에 흠뻑 빠졌다. 거의 매일같이 친구들과 공을 찬다. 집 거실에서도 고무공을 차는데, 가끔 그 고무공으로 나랑 시합을 하기도 한다. 녀석의 축구실력은 쑥쑥 향상되었고, 왜소한 체구지만 녀석의 허벅지는 단단하다. 학교성적은 좋지 않아도, 대신 그렇게 운동하는 것에 대해 인정받고 싶었을 것이다.

그런데 오랜만에 만난 할머니가 제 누나의 성적만 칭찬하고 또 누나가 키가 크고 밥도 잘 먹는 것에 대해서만 관심을 가져주니, 서운함이 밀려든 게 어쩌면 당연하다. 녀석은 어느 순간 숟가락을 내려놓고 덥다고 짜증을 부리더니 할머니가 보이지 않는 내 옆으로 와 아예 식당 방바닥에 누워버렸다. 그래도 대놓고 할머니에게 서운함을 표시하지 않는 것은, 나름대로 할머니를 배려하는 마음 때문이었으리라.

6년 전쯤, 일찍 퇴근하여 집에서 식사를 한 후 텔레비전을 보다가 아내, 아이들과 함께 윷놀이를 하였다. 언제나처럼 나랑 선재랑 한편이 되고 처랑 해빈이가 상대편이 되었다. 두 경기 모두 우리가 졌는데 해빈이가 더 하자고 하는 것을 물리치고, 난 자리에 누워 텔레비전을 보았다. 아이들은 내 바로 옆에서 크게 웃으면서 딱지치기를 하였다. 우리가 어릴 때 갖고 놀던 딱지는 재질이 종이로만 되어 있던 것과 달리, 요즘 것은 비닐 성분이 들어가 매우 빳빳하였다. 잠시 아이들이 노는 것을 바라보다가 같이 어울리고 싶은 충동이 생겼다.

딱지를 모두 모아 3등분하여 가진 다음 딱지치기를 하였다. 바닥에 깔린 딱지를 자신의 딱지로 세게 내리쳐 그 반동으로 뒤집어야 하는데 그것이 매우 어려웠다. 딱지는 가운데 부분이 볼록하게 솟아 있어, 그 볼록한 부분이 바닥으로 가면 가장자리가 바닥에서 떨어지게 되어 그때는 비교적 잘 뒤집어진다. 해빈이는 자신의 딱지가 그와 같이 불리한 상태가 되지 않도록 매우 소극적으로 딱지를 내리쳤다. 지금은 나아졌지만 전에도 윷놀이를 하면서 그런 식으로 소극적인 태도를 보인 적이 있었기 때문에, 해빈이의 행동이 못마땅했다. 그래서 좀더 적극적으로 하라고 한마디했다.

처음에는 선재가 잃었다. 그러니 녀석이 시무룩해졌다. 한참을 하다보니, 이번에는 선재가 따기 시작했다. 계속해서 딱지에 입김까지 불어넣어가며(해빈이는 이 액션에 불만이 있었던지 선재에게 그렇게 하지 말라고 몇 차례 경고하였다) 열심히 내리치더니 어느 순간부터는 어떻게 요령을 터득하였는지, 바닥에 놓인 딱지의 볼록한 부분이 위로 올라와 가장자리가 다 바닥에 붙어 있을 때에도 잘 뒤집었다. 내가 보기에도 잘하여 칭찬을 해주었다. 선재가 그렇게 몇 장을 계속 따가니 해빈이의 얼굴이 일그러지기 시작했다.

한번은 해빈이가 자신의 딱지를 내리치다가 그만 몸의 균형을 잃고 엉덩방아를 찧었는데, 그 충격으로 자신의 위아래 이빨이 서로 부딪치게 되었나보다. 아픈 표정을 지어, 내가 "아프냐?"고 물었다. 그 순간 해빈이가 선재를 매섭게 쳐다보더니, "다 너 때문이야"라고 말하면서 주먹 쥔 손으로 선재의 귓불을 세게 쳤다. 깜짝 놀랐다. 선재가 울음을 터뜨렸다.

해빈이를 혼내주었다. 선재가 무슨 잘못이 있다고 때리느냐, 선재가 잘 따가니까 샘이 난 것이냐, 경기를 하다보면 이길 때도 있고 질 때도 있는 것인데 졌다고 해서 그렇게 화를 내면 되냐, 또 네가 힘이 더 세다고 힘이 약한 동생을 때려서 되느냐, 아빠가 너보다 힘이 세다고 너를 때리면 좋겠느냐, 네가 그렇게 하니까 게임이 엉망이 되고 더 못하게 된 것 아니냐며 많은 말을 쏟아내었다.

그랬더니 녀석이 "일부러 그런 게 아니야, 나도 모르게 그렇게 했어"라고 하기에, "주먹으로 내리친 것이 어떻게 일부러 그런 게 아니냐"라고 면박을 주면서 사과하라고 했다. 녀석은 자신도 스스로의 행동에 놀랐던지 선재에게 바로 "미안해, 잘못했어"라고 사과했다. 그후 딱지판은 깨지고 해빈이는 계속 침울하였다. 자신이 잘못을 하기는 한 것 같은데 그래도 뭔가 억울한 것이 있는 모양이었다. 반면 선재 녀석은 신이 났다. 누나를 힐끔힐끔 바라보며 히죽히죽 웃었다.

나로서는 어떻게 처신했어야 옳았을지 솔직히 자신이 없다. 다만, 해빈이가 선재의 귓불을 때린 데에는 선재에 대한 얄미움보다는, 내가 해빈이의 소극적인 태도를 나무라고 선재가 잘한다고 칭찬한 것이 더 크게 작용했을 것이라는 생각을 해봤다.

해빈이는 남의 눈치를 꽤 살피는 편이다. 말하는 것이 당당하지 못하고 말꼬리에 힘이 없다. 중학교에 들어가기 전에는, 집 주변에서 자기 학교 친구들과 부딪치는 것을 꺼려하여 차를 타고 멀리 가는 것은 마다하지 않으면서도, 걸어서 집 밖으로 나가는 것은 싫어했다. 그런 측면에서는, 정도는 훨씬 덜하지만 내가 어렸을 때와 비슷하다. 나도 공부는 잘했지만 남의 눈치를 많이 살피고 당당하지 못했다. 그 때문인지 녀석의 소극적인 태도를 보면 나도 모르게 짜증이 나기도 한다. 나의 부정적인 모습이 해빈이에게 투사投射되어 나타나는 것이 싫은 때문일 것이다.

게다가 선재보다 나이가 3살 더 많다보니까, 둘이 다투게 되면 해빈이에게서 잘못을 찾아내려고 하는 마음이 더 크다. 이것은 아내도 마찬가지인 것 같다. 선재보다는 해빈이한테 싫은 소리를 할 때가 더 많다. 해빈이 마음속에서 서운함이 조금씩 쌓여가고 있는지도 모른다. 녀석이 학교공부를 열심히 하는 것은, 제 딴에는 선재를 편애한다고 생각하는 아빠 엄마의 마음을 조금이라도 자기 쪽으로 끌어오려는 무의식이 드러난 것이 아닐까. 해빈이에 대한 미안한 마음 끝에, 얼마 전에는 처음으로 '성적에 대한 보상'으로 엠피스리를 하나 사주었다.

난 해빈이가 남의 눈치를 살피는 것에 대해 별로 걱정하지 않는다. 성장기에 한번쯤은 당연히 겪어야 할 과정이다. 선재도 나중에 제 누나 나이가 되면 비슷한 경험을 할 것이다. 아이들은 경험을 통해 이런 문제들을 얼마든지 스스로 해결해나갈 수 있다. 문제는 어른들에게 있다. 편협한 세계관으로 아이들에게 성적, 돈, 권력 따위의 일방적인 가치를 강요하고, 그런 하찮은 가치들을 가지고 아이들

을 함부로 비교함으로써, 아이들의 자연스러운 성장을 방해한다. 정
토회의 법륜스님은 자신이 없으면 아이들을 그냥 놔두라고 한다. 그
러면 아이들이 스스로 알아서 잘 큰다고, 섣불리 건드리면 아이들을
망치게 할 뿐이라고…… 나도 아이들을 대했던 순간들을 참회하는
마음으로 돌아본다.

영국 스코틀랜드의 한 야영장,
텐트에서 그림을 그리는
아이들

가시금작화와 유럽 야영

우리는 여행이라는 단어를 듣기만 해도 마음이 설렌다. 그것은 여행이 다람쥐 쳇바퀴 돌 듯하는 우리 삶에 자극과 변화를 주기 때문일 것이다. 안주하고자 하는 타성에서 벗어나 새로운 것에 대한 불안을 견디면서 미지의 세상에 과감히 발걸음을 옮기는 것, 여행은 일상에 대한 도전이자 삶의 질적 변화를 추구하는 고귀한 노력이다.

고등학교 1학년 때였다. 학교에 가지 않는 날 낮에, 시골집 방안에 누워 하릴없이 텔레비전만 보고 있었는데 어느 순간 엄청난 갑갑함을 느꼈다. 이를 견디지 못하고 방문을 박차고 밖으로 나왔다. 주변 산들을 둘러보다가 갑자기 그중 가장 높은 산에 오르고 싶은 충동이 생겼다. 그 길로 3~4시간에 걸쳐 산행을 했다. 그 다음 주 일요일에는 동네 앞 청주시 무심천으로 이어지는 하천의 발원지를 알고 싶어 2시간 동안 하천을 거슬러 걸어갔었다. 그렇게 여행에 대한 나의 욕망은 싹이 텄다. 이후 가끔씩 혼자서 여행을 다녔고, 결혼한 후에는 아내와 아이들과 함께 산으로 들로 돌아다녔다.

검사로 재직하던 중 2006년 8월부터 1년간 영국의 케임브리지 대학 법학과에 방문학자visiting scholar로 가 있었다. 가족들도 함께 갔는데, 아이들은 그곳 공립 초등학교에 다녔다. 선재는 처음 일주일은 학교에서 돌아와 매일 울 정도로 힘들어 하였으나, 얼마 지나지 않아 적응했다. 아이들이 다니는 학교에, 나와 마찬가지로 영국에 연수를 온 조판사님 아이들도 있어서 두 가족이 아주 가깝게 지냈다. 케임브리지에서의 1년은 우리 가족에겐 꿈과 같은 시절이었다. 한국에서와는 비교할 수 없을 정도로 가족 모두가 함께하는 시간이 많았다. 서로에 대해 더 잘 이해하고 아끼게 되었다.

아이들 방학을 이용해 유럽 여러 곳을 여행하였다. 처음에는 이름난 관광지를 찾아가 박물관, 건축물 같은 것을 살펴보는 방법으로 다녔다. 몇 번 그렇게 하다보니 다 비슷비슷한 것 같아 싫증이 났다. 역시 우리 가족에겐 자연과 함께하는 여행이 어울렸다.

우연한 기회에 유럽에는 야영장이 잘 갖추어져 있다는 것을 알게 되었다. 우리 가족은 영국에 가기 전, 한국에서 2년 정도 열심히 야영을 다녔기에 유럽에서도 야영을 할 수 있다는 사실이 몹시 반가웠다. 바로 텐트와 매트리스, 침낭, 전기담요 등 야영장비를 샀다. 유럽 야영장에는 대부분 전기를 사용할 수 있는데, 전기담요를 이용하면 어지간한 추위는 이겨낼 수 있었다.

첫 번째 야영지는 사우스웨일스South Wales에 있는 브레콘비콘스Brecon Becons 국립공원이었다. 케임브리지에서 차로 5시간 정도 걸린다. 케임브리지나 런던 주변에는 조그마한 언덕 같은 것들이 있을 뿐 산이라고 할 만한 것이 없으나, 그곳에는 꽤 높은 산들이 있었다. 평원 생활에 익숙치 않은 우리 가족은 오랜만에 산을 보니 마치 고향에라도 온 듯 반가웠다. 그런데 그곳 산들의 형태는 우리나라 산들과 조금 달랐다. 우리 산들이 군데군데 뾰족한 삼각형을 그리며 많은 변화를 보여주는 데 반해, 그곳 산들은 크게 완만한 곡선을 이루며 아주 단순한 모습이다. 대부분의 산은 큰 나무 없이 풀밭으로 이루어져 있는데, 그 풀밭 곳곳에 양들이 흩어져 풀을 뜯었다.

우린 넓은 잔디밭에 텐트를 쳤다. 그때는 10월이라 텐트 시즌이 아니어서 잔디밭에는 우리만 있었고, 다른 사람들은 그 바로 옆에서 자신들이 직접 가져오거나 그곳에서 빌린 캐러밴caravan(취사와 취침이 가능한 차량)을 이용하였다. 유럽에서는 이 캐러밴을 이용해 캠핑을 하는 사람들이 아주 많다. 캐러밴을 이용하면 편리함은 있겠지만, 야영의 참맛은 제대로 느끼지 못한다. 비록 자연에 나와 있더라도, 인공의 시설이나 물건을 더 많이 사용할수록 그만큼 자연과는 더 멀어진다.

낯선 곳에서 우리 가족만 텐트를 치고 하룻밤을 보내려니 조금 불안했다. 아내도 그런 것 같았다. 저녁을 준비하는 과정에서 서로 말다툼을 하였다. 몇 번 경험해본 것이지만, 여럿이 여행을 하다보면 갈등을 빚는 일이 흔하다. 여행의 불안이 사람을 이기적으로 만들기 때문이 아닌가 싶다. 저녁을 먹으면서 아내와는 어느 정도 감정을 풀었으나 밥맛은 나지 않았다. 아이들은 무엇이 그렇게 좋은지 텐트 안에서 신나게 놀았다. 동쪽 산 위에서 보름을 하루 지난 둥근 달이 떠오르는 모습을 보니 마음이 한결 풀렸다. 아내도 그 둥근달을 보는 것만으로도 그곳에 온 보람이 있다고 하였다. 그래도 불안 때문인지, 밤새 잠을 푹 이루지 못했다. 어지러운 꿈을 꾸고 오줌이 마려워 세 번이나 텐트 밖으로 나갔다 왔다. 날이 새기 직전 들려오는 새와 닭, 소 울음소리에서도 어떤 운치를 느끼지 못했다.

새벽에 일어나 50분 정도 달리기를 하고 샤워를 하니, 그전까지 가라앉았던 마음이 크게 살아났다. 불안했던 밤을 무사히 보낸 것에 안도감이 생긴 모양이었다. 기분좋게 아침을 지어 먹고 야영장을 떠났다. 유럽에서 첫 야영을 그렇게 하고 나니, 야영에 대해 자신감이 생겼다.

이후 우리는 유럽을 다니면서 가능하면 야영을 하고자 하였다. 영국에서 유럽 대륙으로 건너갈 때는 도버 항에서 차를 배에 싣고 갔다. 프랑스의 칼레 항까지 1시간 정도 걸렸다. 우린 그렇게 세 번에 걸쳐 유럽 대륙으로 가, 룩셈부르크, 네덜란드, 프랑스, 독일, 스위스, 오스트리아에서 모두 8번 야영을 하였다. 영국에서는 6번 야영을 했다. 야영을 하게 되면 밥도 직접 해먹을 수 있어 여행 경비가 크게 절감되었다.

야영의 가장 좋은 점은 무엇보다도 가족들 간의 관계가 아주 친밀해진다는 것이다. 한 평 남짓한 텐트 안에 네 가족이 옹기종기 모여 앉아 밥을 먹거나 잠을 자니, 서로 간의 유대가 끈끈해질 수밖에 없다. 또 텔레비전이나 인터넷 같은 다른 놀거리가 없으니, 자연스럽게 다른 가족들에게 관심을 갖고 대화를 하게 된다. 그러면서 서로 배려하는 마음도 갖게 된다.

스코틀랜드에서 야영할 때의 일이다. 7월이었는데 비가 오락가락하는 날씨였다. 우린 잉글랜드 북부에서부터 야영을 하면서 스코틀랜드를 북쪽으로 헤쳐 가고 있었다. 괴물이 나온다는 유명한 네스 호를 거쳐 스카이 섬으로 가는 길은 풍경이 무척 아름다웠다. '아, 이것이 그 아름답다는 스코틀랜드의 풍경인가보다' 하는 생각이 절로 들 정도였다. 가는 도중에 야영장을 하나 만났다. 값도 그리 비싸지 않고 공간도 여유가 있었다. 비가 오락가락했기 때문에 바닥에 물이 찬 곳이 많았다.

텐트를 꺼내 물기가 좀 덜한 곳에 치려고 하는데, 우리나라의 하루살이 같은 벌레들이 달려들어 나와 선재의 머릿속을 파고들었다. 아내와 해빈이는 머리가 긴 때문인지 견딜 만한 모양이었다. 그러나 선재와 난 난리가 났다. 이놈들이 모기처럼 마구 무는 것이었다. 조금 지나니 이것들이 떼로 선재에게 달려드는데, 옆에서 보고 있던 해빈이가 크게 놀라면서 선재 몸에서 벌레들을 막 떼어내려고 하였다. 그것은 거의 본능처럼 순간적으로 이루어졌다. 평소 선재를 미워하기만 하는 줄 알았더니, 위급한 상황에서는 형제애가 드러나는 모양이었다. 짧은 순간이었지만, 선재를 챙기는 그 모습이 무척 보기 좋았다.

야영장 주인은 그 벌레를 '매짓'이라고 발음하였다. 스코틀랜드 어느 곳이든 날이 습하면 그 벌레가 많아진다고 하였다. 다른 야영객 일부는 그 벌레를 막기 위해 긴팔 옷에 모자를 푹 눌러쓰고 있었다. 우리도 웬만하면 참고 야영을 하려고 했으나, 벌레의 습격을 받은 얼굴과 목 곳곳이 벌겋게 부어오르고 화끈거려 야영을 포기하였

다. 할 수 없이 비앤비B&B(Bed and Breakfast의 약자로 잠자리와 아침을 제
공한다)에서 묵었는데, 오랜만에 편안한 잠자리라 그런지 푹 잤다.
'매짓'이라는 날벌레 때문에 전혀 예상치 않았던 하룻밤의 호사를
누렸다.

야영의 횟수가 쌓여가면서 아내도 그것을 즐기게 되었다. 비앤비
맛을 한 번 본 아이들이 호텔에 가서 자자고 사정을 해도, 아내는 끄
덕도 하지 않았다. 웨일스에서 처음 야영할 때는 불안 때문에 서로
말다툼을 하기도 하였지만, 언젠가부터는 거의 다툼이 없게 되었다.
매일같이 텐트를 치고 걷고, 밥을 하고 설거지를 하는 것이 수고스
러울 수도 있지만, 아내와 난 적절히 분업을 하면서 즐겁게 야영을
하였다.

2007년 4월 중순 독일, 오스트리아, 스위스에서 야영할 때는 날
이 꽤 쌀쌀하였다. 전기담요를 깔아도 한밤중에는 한기가 밀려들었
다. 다음 날 가족들 얼굴에 살짝 동상이 생겨 벌겋게 달아올랐다. 스
위스에서 프랑스로 넘어오니 날이 확 풀렸다. 국경 부근의 작고 아
담한 마을 살랭레뱅Salins-les-Bains의 야영장에 자리를 잡았다. 햇볕이
쨍쨍 내리쬐는 것이 초여름의 한낮처럼 더웠다.

날이 좋아 텐트를 치고 아내와 함께 빨래를 하는데, 난 비누칠을
하여 주무르고, 아내를 이를 헹궜다. 그렇게 분담하니 힘이 적게 들
고 진도도 금방금방 나가, 아내에게 "분업의 위력이 이런 것이구나"
라고 말하였다. 그런데 한참을 하다보니, 아내의 양말이 많이 나왔
다. 아내는 발에서 땀이 별로 나지 않아 이틀에 한 번씩 갈아 신었
고, 또 그동안 틈틈이 빨았기 때문에 양말 빨래가 그렇게 많이 나올

리 없었다. 이상하다 싶어 아내에게 "왜 이렇게 빨래가 많아?"라고
물었다. 아내도 이상하다면서 잠시 살피더니 화들짝 놀라며 그때 빨
고 있던 것이 빨래가 아니라 새것이라고 하였다. 아내가 착각으로
엉뚱한 것을 가져왔던 것이다. 마침 볕이 좋아 밀린 빨래를 빨아 말
려 남은 여행 기간 동안 빨래를 하지 않으려고 했던 것인데, 오히려
일을 만들고 말았다. 분업의 '위력'이 아니라 분업의 '폐해'를 절감
하는 순간이었다. 그래도 우린 서로 웃었다. 그동안 야영의 경험이
그 정도는 충분히 이해할 수 있도록 만들었다.

야영의 또 다른 좋은 점은 자연과 함께하는 것이다. 잉글랜드 북
부와 스코틀랜드 야영장 부근에서는 산토끼를 쉽게 볼 수 있다. 야
생동물을 그렇게 가까이서 볼 수 있다는 것이 무척 신기했다. 토끼
한테 당근을 던져주었더니 먹지는 않았다. 프랑스 살랭레뱅 야영장
에서 아이들이 따뜻한 햇볕을 즐기며 환한 얼굴로 데이지꽃을 갖고
놀던 모습이 지금도 눈에 선하다.

그런데 무엇보다도, 내가 서유럽을 야영하면서 관심을 갖고 본
식물은 가시금작화Gorse였다. 한국에서 장인, 장모님이 오셨을 때 케
임브리지 북쪽에 있는 셋퍼드 숲Thetford Forest을 산책하면서 가시금
작화를 처음 보았다. 가시가 달린 나무에 노란 꽃이 피는데, 꽃에서
는 코코넛 향이 난다. 이때부터 나도 모르게 이 꽃에 관심을 갖게 되
었다. 유럽 대륙에 가서도 곳곳에서 가시금작화를 보고, 이 꽃이 아
주 넓게 분포하고 있구나 하는 생각을 하였다. 그런데 잉글랜드 북
부와 스코틀랜드를 여행하면서 이 꽃을 훨씬 더 많이 볼 수 있었다.
그것을 바라보고 다가가 냄새를 맡아보니 꽃에서는 코코넛 향이 났

다. 나중에 찾아보니, 가시금작화는 서유럽과 북부아프리카가 원산지다. 생긴 모습은 금작화Broom와 유사한데, 아주 날카로운 가시들이 많은 것이 다르다. 이 가시들은 나뭇잎이 그렇게 변한 것이다. 이 가시들 때문에 가시금작화가 핀 곳은 천적 방어를 위해, 새들이 둥지를 틀 수 있는 좋은 장소가 된다고 한다.

난 영국연수를 마치고 한국에 돌아와, 그곳에서의 생활을 기록한 것을 책으로 만들었는데(정식 출판은 아니고 나 혼자서 편집하여 복사집에서 제본하였다), 그 제목을 '가시금작화'라고 하였다. 가시금작화가 내 정서에 상당히 강한 영향을 미쳤던 것 같다.

우린 유럽 대륙에서의 마지막 야영을 모네의 정원이 있는 프랑스의 지베르니Giverny 부근의 센Seine 강변에서 하였다. 이곳 야영장에서도 다른 이들은 다 캐러밴이고 우리만 텐트였다. 조금 불안한 맛은 있어도, 너른 잔디밭을 우리만 사용할 수 있으니 좋았다. 저녁식사는 야영장으로 오는 도중에 산 돼지고기에 양파, 고추장을 넣고 볶아 먹었다. 주변의 개구리 소리를 반주 삼아 오랜만에 먹는 고기 맛이 좋았다. 저녁을 먹고 바로 옆 센 강으로 산책을 갔다. 나무로 만든 선착장에 벤치까지 있었다. 파리에서 흘러온 강물은 유유히 흘렀다. 그곳에서 한가롭게 오랫동안 머물렀다. 나무와 강물과 함께 어둠에 물들었다.

다음 날 아침 일찍 일어났다. 센 강의 새벽 기운을 느끼고 싶어 강가로 갔다. 강물 위로 안개가 피어올랐다. 전날 가족과 함께 앉았던 벤치에 다리를 틀고 앉아 명상에 잠겼다. 센 강의 아침에 내가 동화되었다. 난 정말로 그런 여행을 하고 싶었는데 뜻하던 바를 이루었다. 흐뭇한 마음으로 텐트로 돌아오니 그새 아내가 깨어 있었다. 잔디밭에는 이슬이 촉촉했다. 아이들은 텐트 안에서 쿨쿨 잘도 자고 있었다.

여행이란 새로운 환경을 둘러보는 데만 의미가 있는 것은 아니다. 시간의 여유를 갖고 새로운 것을 접하게 된 것을 기회로, 그것에 비추어 자신을 가만히 돌아보는 것도 여행의 또 다른 의미다. 우리 가족은 유럽 야영을 통해 가족 간의 애정이 더욱 깊어졌다. 자연과 함께하는 삶의 소중함도 다시 한번 확인하였다. 유럽에서 돌아온 지 4년이 지났는데, 파리의 베르사유 궁전이나 에펠탑, 바르셀로나의 파밀리아 성당은 기억에서 점점 멀어져가도, 아이들이 야영장에서 데이지꽃을 갖고 놀던 모습, 가시금작화의 기분 좋은 향, 센 강의 새벽 기운은 아직도 기억에 분명하게 남아 있다.

영국 스코틀랜드의
양떼

프랑스 살랭레뱅 야영장에서
데이지꽃을 갖고 노는 아이들

센 강변에서의
여유로운 산책

3
농사를
쓰다

완전 귀농의 출발점, 서울생태귀농학교

서울중앙지검에서 검사를 그만두기 직전, 전국귀농운동본부가 운영하는 서울생태귀농학교(49기)에 다녔다. 두 달간 매주 화요일과 목요일 야간수업을 하고, 주말에는 농사현장으로 실습을 갔다. 모두 19번의 수업과 현장실습이 있었는데, 난 13번 참석했다(출석률 68%). 근무를 마치고 서초동에서 학교수업이 진행되는 용산까지 다니는 것이 쉽지 않았다. 비록 수료 조건인 출석률 80%에 미치지 못하여 수료증은 받지 못했지만, 처음으로 내가 정말로 원하던 학교를 다닌 것이라 무척 보람이 있었다.

내 평생의 소원은 농사를 지으면서 불교수행을 하는 것이다. 십수 년 전부터 수행을 한답시고 수행표까지 만들어 혼자서 수행점검을 하고 있기는 하나, 그놈의 술 때문에 중간중간 구멍이 수두룩하다. 그래도 수행에 대한 의지의 끈은 놓지 않고 있다. 그동안 농사에도 관심을 기울여 주말농사를 지어왔지만, 그저 잎채소나 고추, 오이 따위를 가꾸는 정도였다. 거름은 어떻게 만들어 쓰는지, 귀농하여 생계는 유지할 수 있는지 등의 문제에 대해서는 막연하였다. 그러던 차에 전국귀농운동본부 홈페이지에서 서울생태귀농학교의 강의일정을 보게 된 것이다. 그때까지 내가 귀농과 관련하여 궁금해하던 것들이 커리큘럼에 많이 들어 있었다. 바로 등록하였다가 검사일이 너무 바빠, 한 기수를 늦추어 입학하였다.

우리 기수에는 70여 명이 들어왔다. 남녀노소 다양했다. 고등학교 다닐 나이에 정규학교에 다니지 않고 목화재배나 염색에 관심을 갖고 있는 소녀도 있었다. 첫날 강의를 마치고, 학생들을 몇 개의 작목반으로 나누었다. 작목반은 1년 안에 귀농할 사람들(구두미마을, 본디반), 3년 안에 귀농할 사람들(딴살림), 5년 안에 귀농할 사람들(귀사모), 10년 안에 귀농할 사람들(언가반), 전원생활을 할 사람들(전원반)로 나뉘어 만들어졌다.

나는 어느 반에 들어갈지 상당히 고민했는데, 어정쩡하게 10년을 택했다. 우리 작목반 이름인 '언가반'은 '언젠가 가겠지' 또는 '언능 가자'라는 뜻이다. 내가 작목반장이 되었다. 소심함 때문에 초중고 다닐 때는 반장을 한 번도 못 했는데, 사회에 나와서는 회장이나 반장을 꽤 하는 편이다. 사법연수원 때 형사정책학회장을 하고, 검사 생활을 하면서도 축구, 마라톤 동호회 회장도 몇 번 했다. 그만큼 성격이 밝아지고 활달해졌다는 의미일 것이다.

첫날 학교 부근 골목 허름한 막걸릿집에서 뒷풀이를 하면서 서로의 얼굴을 익혔다. 우리 테이블에 같이 앉게 된 정용수 전국귀농운동본부 상임대표는 전원반을 선택한 사람들에 대해 한마디 하였다. 귀농은 생태농이어야 한다고 했다. 그런데 보통 도시인들이 꿈꾸는 전원생활은 도시적 삶을 그대로 시골에 옮겨놓고 그저 자그마한 텃밭이나 가꾸는 것이어서 생태농과는 거리가 멀다는 것이다.

나의 경우만 하더라도, 시골에 다닐 때 농사와는 전혀 상관이 없이 지어진 전원주택들을 보면 거부감이 생기고 화가 난다. 생태농은 농업으로 생계를 유지하여야 한다. 가능한 농약과 화학비료를 쓰지 않고, 비닐까지 사용하지 않는다면 최고의 생태농이라고 할 것이다. 서울생태귀농학교는 이런 생태농의 가치를 철학적으로, 경험적으로 가르치는 곳이다. 정용수 대표는 전원반 사람들에게 학교를 다니다 보면 마음이 바뀔 것이라고 하였다. 난 처음으로 학교다운 학교를 다닌다는 느낌이 들었다.

수업은 저녁 7시 반에 명상과 함께 정확히 시작했다. 출석부는 각자 알아서 체크하는데, 언젠가 출석부에 표시된 사람 수와 실제 출석한 사람 수가 달라, 귀농학교 학사관리를 책임지는 이수형 간사가 일일이 다시 확인하기도 하였다. 그만큼 출석관리가 엄격하였다. 이는 귀농학교를 제대로 수료하면, 나중에 귀농할 때 정부로부터 귀농학교 수업료를 돌려받을 수 있기 때문이기도 하지만, 그것 외에도 생태귀농은 정직하고 성실하지 않으면 안 된다는 것을 가르치려는 뜻도 있었다. 학생들의 출석률은 매우 높았고, 수업을 듣는 태도도 매우 진지했다. 졸업할 때 보니, 나를 비롯한 5명 정도만 수료증을 받지 못했다. 강사들 대부분은 귀농한 선배들이었다. 강의가 끝난 후 질문도 많았다. 스스로 선택한 학교이니 진지할 수밖에 없을 것이다.

첫 번째 강의는 전석호 정농생협 이사장이 했다. 전남 보성 벌교 읍에서 자연양계업(통풍이 잘되는 넓은 공간에서 햇빛을 마음껏 쬐도록 하고 항생제나 성장촉진제를 사용하지 않고 닭을 키운다)을 하는 분이다. 이분은 먼저 농사짓는 데 비닐을 쓰는 것의 폐해에 대해 말하였다. 오늘날 밭농사를 짓는 사람들의 80% 이상은 비닐을 사용한다. 난 그전까지 비닐이 썩지 않아 토양을 오염시키고, 밭 주변에 쌓이거나 날아다녀 미관을 해치는 문제만 있는 줄 알았다. 그런데 보다 본질적인 문제 가 있었다. 비닐로 땅을 덮고 그 안에 작물을 키우면 대기보다 훨씬 높아진 땅속 온도 때문에 작물이 웃자라고 스트레스를 받아 모양만 그럴듯할 뿐 본래 가져야 할 영양가치는 없다는 것이다.

전이사장은 물도 지나치게 주지 말고 죽지 않을 만큼만 주라고 했다. 비록 못생기고 작더라도 자신이 처한 조건에서 생존을 위해 최선의 노력을 다해 큰 작물이 사람 몸에도 좋다고 했다. 무는 본래 기침과 가래를 없애는 데 좋은데 요즘 시장에 나오는 무들은 물을 많이 먹어 길쭉하기만 할 뿐 오히려 기침 가래를 악화시킨다고 했 다. 이름이나 모양만 무일 뿐 진짜 무는 아닌 것이다.

비닐과 관련하여 한 가지 더 이야기할 것이 있다. 귀농학교가 끝 나고 얼마 지나지 않아 전국귀농운동본부 회원의 날 행사가 있었는 데, 그때 주제가 '탈석유농업'이었다. 석유를 원료로 쓰는 경운기 같은 농기계를 쓰지 않고, 또 석유제품인 비닐을 사용하지 말자는 것이다. 전국에서 귀농인들이 많이 왔는데, 실제로 이처럼 석유 농 기계나 비닐을 쓰지 않는 사람들은 아주 드물었다.

경북 봉화에서 농사를 짓는 추성수 선생님이 나와 특강을 하였다. 이분 또한 귀농학교 선배다. 선생님은 둘째 아들을 데리고 나왔다. 중학교를 중퇴하고(큰아들도 마찬가지) 부모님과 함께 농사를 짓는다고 했다. 귀농한 지 10여 년 되는데, 그동안 비닐을 쓰고자 하는 유혹을 이겨내고 지금까지 비닐을 쓰지 않는다고 하였다.

그 대가로 풀을 뽑는 데 엄청난 노력이 들어갔다. 특히, 부인의 고생이 심했다고 했다. 부인은 비닐을 쓰지 않은 밭의 김을 매면서, 다음 해에는 꼭 비닐을 쓰자고 사정했다. 추선생님은 그때는 '그러마' 하고 대답했지만 막상 다음 해에 농사지을 때면 도저히 양심(생태양심)상 비닐을 쓸 수 없었다고 했다. 그런 식의 고생이 몇 년 지나면서, 밭(흙)의 틀이 잡혀 이제는 제초작업이 전보다 훨씬 더 쉬워졌다고 한다. 이분은 자신이 짓는 농사방법, 수확한 작물에 대한 자부심이 굉장하였다. 원칙에 충실했던 것에 대한 대가일 것이다.

또 선생님은 경운기, 트랙터 같은 농기계도 사용하지 않는다. 대신 쟁기를 쓴다고 했다. 트랙터 같은 것으로 로터리(흙을 잘게 부수는 것)를 하면 흙의 떼알(흙의 단위 입자가 뭉쳐서 된 하나의 덩어리)구조가 파괴되지만 쟁기는 그렇지 않다고 한다. 쟁기는 앞에서 아들이 소 대신 끈다. 추선생님은 '풀천지'라는 이름으로 인터넷 카페를 운영하고 있다. 이곳에 가면 그가 얼마나 철저하게 또 행복하게 생태농업에 종사하고 있는지 알 수 있다. 그분이 가는 길이 내가 가야 할 길이다.

현장실습은 모두 3번 있었다. 가장 기억에 남는 것은, 언가반원들끼리 1박 2일로 경북 상주에 있는 이명학 선생님 댁에 간 것이다. 난 아내와 아이들과 함께 갔다. 이선생님은 오미자 농사를 짓고 계셨다. 다른 농가와 달리 농약을 쓰지 않았고, 그 때문에 열매가 '부실하게' 보였다. 그러나 실제 가치는 더 뛰어날 것이다. 반원들과 함께 오미자밭에서 김을 매고 시원한 수박에 막걸리 한잔하며 오순도순 이야기하는 맛이 그만이었다.

돌아오는 날, 점심을 지어 먹고 청소까지 마친 다음, 일행은 여기저기 모이거나 흩어져 이명학 선생님과의 헤어짐을 준비하고 있었다. 그러던 어느 순간, 이명학 선생님이 손에 노트를 들고 우리 곁으로 왔다. 2001년, 귀농한 지 얼마 지나지 않았을 때 쓴 일기라고 하였다. 한 장 한 장 넘기면서 우리에게 '자랑삼아' 보여주는데, 내용이 정말 장난이 아니었다. 농촌에서 살면서 부딪히는 거의 모든 일들에 대해 아주 치밀하게 정리한 것이었다.

생각나는 것들을 옮겨보면, 짚신 만드는 법, 박으로 바가지를 만드는 법, 지게 만드는 법, 무 구덩이 만드는 법, 김치광 만드는 법, 퇴비사(퇴비를 만들고 또는 일시저장하는 시설) 만드는 법, 볍씨 소독하는 법, 똥바가지 만드는 법, 수도관이 터졌을 때 응급처치법, 배관 방법 등이 상세한 그림과 함께 꼼꼼하게 적혀 있었다.

선생님께서 이 모든 것들을 스스로 체험하면서 정리한 것이었다. 특히, 짚신 만드는 그림을 그려놓은 것에 대해 무척 애착을 갖고 있었다. 마을회관에서 한 할아버지께 배우셨다고 하는데, 만드는 것이 쉽지 않아 며칠 지나면 금방 잊어버렸다고 한다. 그래서 배운 내용을 일기장에 아주 꼼꼼하게 그려놓았는데, 만드는 방법을 잊어버려도 일기장 그림을 보면, 지금이라도 다시 만드실 수 있다고 하셨다.

선생님의 그림은 예사 솜씨가 아니었다. 우리 모두 벌린 입을 다물지 못하고 감탄하였다. 선생님은 한 8년간 다른 사람 집을 임차하여 살다가 얼마 전에 새 집을 지었는데, 일기장에는 전에 살던 집의 겨울 풍경이 고스란히 담겨 있었다. 건물 말고도 담장과 나무, 김치광, 기르는 강아지 똘똘이 등이 아주 세밀하게 그려져 있었다. 일기장엔 그림 말고, 글씨도 군더더기 없이 아주 아름답게 자리 잡고 있었다. 귀농 초기 바쁜 농사일을 하면서 글과 그림으로 체험을 남기는 일은 농촌생활에 대한 애정과 기록에 대한 애정이 없다면 불가능한 일일 것이다. 이런 말씀을 드리자, 선생님도 기록으로 정리하는 일이 보통 힘든 것이 아니었다고 했다.

선생님은 재미있는 이야기도 하나 해주었다. 전에 선생님이 사는 마을에 처녀가 혼자서 귀농했다고 한다. 그런데 이 처녀의 내공이 상당하여 겨울에 나뭇짐을 지고 면 소재지 한가운데를 당당하게 지나가는 모습이 장관이었다고 한다. 저녁에 일정한 시간이 되면 어김없이 자신의 집으로 돌아갈 정도로 스스로 절제하는 모습을 보였고 농사일에도 근본주의자였다. 사정이 그러니, 동네 총각들이 감히 접근을 하지 못하였다고 한다.

그러던 어느 날 전라도 쪽으로 귀농한 총각이 지인의 소개로 이 처녀를 만나러 왔다가, 첫 대면에 바로 "짐 싸놓아요, 일주일 있다가 데리러 올게요" 하고 말을 했단다. 그런데 내공이 강하기로 소문난 처녀는 자신도 모르게 "일주일이면 너무 짧잖아요"라고 했다고. 선생님 말씀에 의하면, 이 총각이 처녀보다 더 근본주의자였다. 그러니 한순간에 처녀의 마음을 사로잡을 수 있었던 것이다.

마지막으로 선생님은 귀농학교가 진짜 학교라고 하였다. 한 사람의 인생을 확 바꿔놓았다면서. 선생님 경험에 근거한 것이겠지만 나도 상당 부분 공감하였다. 귀농학교 다니면서 내게서 뭔가 변화가 생기는 것을 알 수 있었다.

수료식 때 이병철 교장선생님은 늦어도 3년 안에 귀농하라고 하였다. 그후에는 귀농하려고 하는 사람들이 많이 늘어나 하고 싶어도 쉽지 않을 것이라 했다. 수료 기념물로 호미를 주었는데 대장간에서 직접 손으로 만든 것이라고 했다. 출석률을 채우지 못해 수료증을 받지는 못했지만, 호미를 받는 것만으로도 너무나도 뿌듯했다.

난 서울생태귀농학교에서 생태농업의 가치를 아주 구체적이고 분명하게 배웠다. 또 그러한 가치를 치열하게 추구하는 사람들을 보고, 생태귀농에 대한 확신과 용기를 얻게 되었다. 서울생태귀농학교가 추성수, 이명학 선생님의 인생을 바꿔놓았듯이, 귀농학교는 내 인생에도 적지 않은 영향을 주었다. 귀농학교에 다니던 중 노무현 전 대통령이 돌아가셨는데, 이것과 귀농학교에 다닌 경험이 복합적으로 작용하여 검사직을 그만두었다고 볼 수 있다.

사직 후 변산공동체나 백일출가 생활을 할 때도, 서울생태귀농학교에서 배운 것이 밑바탕이 되었고, 지금도 생태농업의 가치에 대한 확신은 조금도 흔들림이 없다. 생태농업이야말로 내게는 진정한 행복의 길이다.

서울생태귀농학교
오미자밭 실습 현장

똥이 약이 됩니다

생태귀농학교에서는 농사와 관련된 책을 읽고 독후감도 제출하여야 하는데 난 전부터 사람 똥을 퇴비로 재활용하는 것에 대해 관심이 많았다. 그래서 조셉 젠킨스Joseph Jenkins의 『똥살리기 땅살리기』라는 책을 골라 읽었다. 지은이는 20여 년간 미국 펜실베이니아에서 가족들 분뇨를 직접 퇴비화하고 또 그 퇴비를 이용하여 텃밭에서 여러 가지 먹을거리를 길러온 체험을 바탕으로 책을 썼다. 이 책의 기본 주제는 똥을 살려야 땅이 살고, 땅이 살아야 거기서 자라는 식물이나 우리 같은 동물들이 건강할 수 있다는 것이다. 다음은 내 독후감의 일부다.

"현재 인류의 상당수는 도시에 살며 물로 똥을 씻어내리고 있다. 물과 섞인 이 똥은 정화조에 한참 머물렀다가 여러 처리 과정을 거쳐 남은 찌꺼기는 해양투기를 하거나 매립을 한다고 한다. 우리가 먹은 온갖 것들은 다 우리 주변의 자연에서 왔는데 그 배설물은 원래 있던 자리로 가지 않는다. 그러면 그것들이 원래 있던 자리는 무엇으로 채울까? 인간들은 화학비료로 그 빈자리를 채웠다. 편하고 수확량도 느는 것 같지만, 땅은 갈수록 황폐해져간다. 이런 생각은 오래전부터 해왔는데, 위 책에서 지은이의 직접경험에 바탕을 둔 설명을 들으니 똥을 퇴비화하는 것의 중요성을 새삼 실감하게 되었다.

지은이에 의하면, 똥을 퇴비화하려면 퇴비화변기와 퇴비사(거름을 만드는 창고)가 필요하다. 퇴비화변기는 플라스틱이나 항아리로 된 20리터 정도의 용기와 사람이 앉을 수 있는 시설만 있으면 된다. 맨 밑에 톱밥이나 왕겨를 깔고 그 위에 똥을 눈 다음 다시 그 위에 톱밥이나 왕겨를 덮는다. 이렇게 하면 똥통에서 거의 냄새가 나지 않는다고 한다. 똥통이 다 차면 퇴비사로 옮긴다. 퇴비사도 크게 준비할 것은 없다. 그저 땅 위에 나무기둥과 판자로 세 칸 정도를 만들어, 가장자리에 있는 두 칸 중 어느 한곳에 똥통에 있는 똥을 갖다 붓는다. 똥을 쏟은 다음에는 항상 짚, 건초, 나뭇잎, 풀 같은 유기물로 덮어준다. 퇴비화 과정에서 이 유기물의 역할이 매우 중요한데, 이것들로 인해 똥에서 나오는 냄새를 없애주고 파리가 접근하는 것을 막아주며 무엇보다도 퇴비더미 속에 공간이 생겨 호기성 미생물이 활발하게 활동해 퇴비화 과정을 돕는다고 한다.

사람에게서 바로 나온 똥은 여러 병원균이 있어 이것을 바로 땅에 뿌리면 위험하다. 그런데 위와 같이 유기물을 이용한 퇴비화 과정을 거치게 되면 퇴비더미 속에서 발생하는 높은 열 때문에 대부분의 병원균이 죽는다. 적절한 과정을 거친 퇴비는 무척 안전하다. 지은이의 경우 손으로 직접 퇴비를 만지는데, 20년 동안 한 번도 기생충이 생긴 적이 없다고 한다.

내가 비록 시골에서 자랐지만 어릴 때 보면 똥을 위와 같이 퇴비화하지 않고(소똥은 위와 비슷하게 퇴비화했다) 똥장군에 담아 그대로 밭에 뿌렸다. 그래서 우리가 어릴 때 회충 같은 기생충이 많았는지도 모른다. 기생충도 문제지만 시골변소에는 구더기가 득실득실하였다. 한여름에 시골변소에 가는 일은 보통 고역이 아니었다. 당시 우리 부모들은 사람 똥을 퇴비화하는 것은 잘 몰랐나보다. 가축 똥은 다 퇴비화를 하면서도.

다행히 그동안 두 차례 사람 똥을 위 책에서처럼 퇴비화하는 것을 볼 기회가 있었다. 첫 번째는 2004년 11일 문경에 있는 정토수련원에서다. 똥통 바닥에 똥을 누고 하루에 한 번씩 그 위에 왕겨를 뿌리고 그것을 거두어 다른 똥 보관하는 곳으로 옮겼다. 그곳에서 퇴비사는 보지 못했다. 나중에 백일출가 때 확인하였지만. 두 번째 경험은 2005년 8월 변산공동체학교에서였다. 이곳에서는 플라스틱 똥통에 먼저 왕겨를 깔고 그 위에 똥을 눈 다음 다시 왕겨를 덮고 이것을 다른 똥통으로 옮겨 보관한다. 이곳에서 특히 의미가 있었던 것은 퇴비사를 볼 수 있었다는 것이다. 칸이 여러 개 있었는데 유기물과 섞여 숙성되고 있는 똥들이 듬뿍 쌓여 있었다. 하루는 온종일 그곳에서 퇴비 뒤집기를 하였다. 사람 똥이라는 생각이 거의 나지 않을 정도로, 약간 시큼한 냄새 외에 역겨운 냄새는 전혀 없었다.

위 두 경험을 하면서 그동안 막연하게나마 똥을 퇴비화하는 것에 대해 계속 관심을 가져왔다. 내가 귀농을 한다면 당연히 이것을 구체적으로 실천하고 연구할 것이다.

변산공동체학교에서의 첫째 주

2009년 여름, 고 전 노무현 대통령의 서거로 10년 동안 일해왔던 검사직을 버리고 3주간 전북 부안에 있는 변산공동체학교(이후로 '변산공동체')에 가 농사를 지었다. 궁극적으로 완전 귀농을 꿈꾸고 있어 장차 귀농할 것을 대비해 전에도 한 번 가보았던 변산공동체에 가 농사경험을 쌓은 것이다. 변산공동체는 충북대학교 철학과 교수였던 윤구병 선생님이 교수직을 그만두고 1995년부터 시작한 농업공동체다. 나는 변산공동체에서의 경험을 생생하게 기억하고 싶어 일기를 썼다.

서울 호남선터미널에서 부안까지 버스로 3시간이 조금 덜 걸렸다. 부안에서 변산까지 가는 버스가 바로 있었다. 변산 면 소재지인 지서리는 전에 왔을 때보다 작게 보였다. 전보다는 익숙해졌기 때문일 것이다.

배낭을 메고 운산리에 있는 변산공동체를 향해 걸어갔다. 한여름 뙤약볕이 몹시 뜨거웠다. 금세 땀으로 옷이 흠뻑 젖었다. 곳곳에 버려진 집들이 쓰레기처럼 볼썽사납게 내려앉아 있었다. 공동체에 도착하게 전에 축사 하나를 보았다. 안을 들여다보니 어두운 곳에서 몸에 똥이 잔뜩 묻은 돼지들이 옹기종기 앉아 있었는데 그 모양이 불쌍해 보였다. 그들은 오로지 사람들의 먹이로만 사육되고 있었다. 그 돼지들은 어떤 사료를 먹을까? 생명의 존귀함, 자유, 이런 것은 그들과 전혀 상관이 없다. 가만히 따지면, 그들의 부자유는 곧 인간의 부자유인 것인데……

오후 4시부터 들깨밭을 맸다. 이미 작업이 상당히 진행된 상태였다. 남아 있는 곳은 김을 맨 지 오래되었는지 어떤 풀은 들깨의 키를 훌쩍 넘어섰다. 풀들이 흙 속에 단단히 박혀 있어 뽑는 것이 쉽지 않았다. 김을 맬 때를 놓치면 나중 작업이 고되다.

한 젊은 여자(성격이 좋은 수연씨다. 며칠 지나지 않아 내게 원근 오빠라고 할 정도였다)가 밭을 매면서 혼자 이런저런 노래를 하였다. 그러더니 한 사람씩 돌아가며 노래를 시키는 것이 아닌가. 그 순번이 나에게까지 올까봐 무척 긴장이 되었다.

중간 참시간에 막걸리, 과일을 먹으며 쉬었다. 같이 일하는 사람들은 다 나보다 나이가 어린 것 같았다. 대강 내 소개를 하였다. 검사를 그만두었고, 나중에 농사를 지을 거라고 하니, 조금은 놀라며 호기심을 갖고 이것저것 물어보았다. 소나기가 두어 번 살짝 왔다 갔다. 사람들은 들깨밭을 개간밭이라고 불렀는데, 알고 보니 돌이 많았다. 나중에 농사지을 때를 대비하여, 체력을 안배하며 작업속도를 적절하게 유지하는 것을 시험했다. 다른 사람들보다 늦지는 않았다.

들깨밭 아래쪽에 옥수수밭과 고구마밭이 있었는데, 멧돼지가 마구 헤쳐놓았다. 고구마가 아직 제대로 영글지 않았는데도 그랬다. 사람들이 무척 걱정스러워했다. 밤에 라디오를 틀어놓는데도 큰 효과는 없다고 했다.

밤늦게까지 공동체 사람들과 막걸리를 마시며 이야기를 나누었다. 전에 왔던 경험 때문인지 곧 익숙해졌다. 부산에서 왔다는 두 대학생 자매가 무척 귀여웠다. 이 두 자매는 둘이서 전국을 여행하던 중에 공동체에 들렀다고 하였다. 이들은 다음 날 3박 4일의 일정을 마치고 공동체를 떠났다. 공동체에 머물려면 최소한 3박 4일은 있어야 한다.

8월 18일 화요일: 깨가 쏟아진다

아침에 개간밭에서 고추를 땄다. 두 번째 따는 것이라고 했다. 공동체에서는 종자용 고추를 따로 표시해 관리하고 있었다. 고추가 자라는 것을 계속 지켜보면서 그 특성을 알아내려고 하는 것이다. 고추밭 바닥은 볏짚 멀칭(농작물의 뿌리를 보호하고 땅의 온도를 유지하며, 흙의 건조·병충해·잡초 따위를 막기 위해 땅을 짚이나 비닐로 덮는 일)을 했는데 두 번 김을 매주었다고 하였다.

고추를 딴 다음, 참깨를 털었다. 비닐하우스 안 깔판 위에 널어놓은 참깨 대를 대나무로 톡톡 쳐 털었다. 깨가 소리를 내며 떨어지는 것이 볼만했다. '깨가 쏟아진다'는 말이 실감났다. 일하는 도중, 홍익대에서 미술을 전공한 수연씨가 내 연애 경험에 대해 물어, 속리산 터미널아가씨 이야기를 해주었다. 사실 내겐 아내 말고는 이렇다 할 만한 연애경험이 없다. 사람들이 내 목소리가 좋다고 했다.

날이 뜨거우니 12시에 점심을 먹고 오후 4시까지 쉬었다. 한숨을 자도 시간이 많이 남아, 집에서 갖고 온 스코트 니어링의 자서전을 읽었다. 지금은 모 지검 검사장으로 계신 분이 내가 퇴직할 때 선물로 주신 책이다.

자서전 내용이 내 눈을, 내 마음을 쏙쏙 빼내갔다. 어쩜 그렇게 인생을 진지하고 소박하게 살 수 있는가? 그는 사회주의자로서, 20세기 전반을 휩쓴 황당무계한 매카시즘의 거친 열풍 속에서 온갖 불이익과 위협을 감수하고 오로지 그의 양심에 따라 자신의 주장을 언론에 발표했다. 또 그를 필요로 하는 곳이라면 세계 어느 곳에라도 가 강연을 하였다(관련국 정부의 많은 제지를 받았다). 그는 광범하고 실증적인 조사를 거친 후에 자신의 주장을 펼쳤다. 그러니 그의 주장의 근거는 언제나 굳건하였다.

그는 자신의 경제적인 여건에 상관없이 강연 등을 위해 여행을 할 때면 언제나 최하등급의 교통수단과 숙소를 이용했다. 요즘 내가 간디 자서전을 읽고 있는데, 간디의 그것과 똑같다. 그는 늦은 나이에 아내와 함께 시골로 들어가 농사를 지을 때에도, 꼼꼼히 연구하고 기록하였으며, 석유를 연료로 쓰는 농기계를 전혀 사용하지 않고도 아주 훌륭하게 농촌생활을 하였다. 내게 그는 거의 성자와도 같은 모범적인 인생의 전형이라고 하지 않을 수 없었다. 공동체에는 텔레비전과 인터넷이 없다. 그럼에도 이 책을 읽는 재미에 쉬는 시간이 전혀 무료하지 않았다.

오후에도 계속 참깨를 털었다. 턴 참깨 열매를 체로 거르고 키질을 했다. 키질이 생각보다 쉽지 않았다. 손이 많이 갔다. 그런 손을 생각하면 참깨 한 톨도 함부로 하면 안 되겠다는 생각이 들었다. 다 턴 참깨 대는 세 묶음을 하나로 묶어 세웠다. 나중에 한 번 더 턴다고 하였다.

저녁식사 후 변산공동체의 김희정 대표와 공동체의 농사방식들에 대해 이런저런 이야기를 나누었다.

8월 19일 수요일: 호미 씻기

새벽에 아직 밭에 남아 있는 참깨를 베었다. 아래쪽 참깨집이 두어 개 정도 익었을 때 베면 되는데, 열매가 떨어지는 것을 막기 위해 이슬이 마르기 전 새벽에 베어야 한다고 하였다.

참깨를 벤 다음 돼지 막을 정리했다. 공동체에서는 소 한 마리, 산양 두 마리, 닭 15마리 정도를 기르고 있다. 이제 돼지를 들이기 위해 막사를 정리하는 것이었다. 단단하게 다져진 바닥 흙을 쇠스랑 등으로 깨어 부드럽게 하고, 그 위에 산에서 긁어온 나뭇잎을 두껍게 깔았다. 그렇게 해놓으면 돼지들이 똥오줌을 싸도 따로 청소를 할 필요가 없다고 한다. 돼지는 며칠 뒤 두 마리를 들인다고 하였으나 내가 공동체를 떠날 때까지 오지 않았다.

오후에는 호미 씻기라 하여 쉬었다. 호미 씻기란 여름 내내 해온 힘든 김매기를 드디어 마쳤다는 의미에서 호미를 씻고 하루 쉰다는 의미라고 한다.

이화여대 4학년인 고은씨가 다음 날 떠나기로 되어 있어, 곱창전골을 차리고 송별식을 했다. 고은씨는 한 달 동안 이곳에 있었다. 사람들이 가장 바쁜 김매기 철에 와서 고생 많이 했다면서 치켜세웠다.

8월 20일: 목요일 감 따기

오전에 염색용 감을 땄다. 여러 사람이 붙어 따니 제법 재미가 있었다. 다만 아직 다 자라지 않은 퍼런 감을 따는 것이 마음이 좀 아팠다. 오후에는 계속 비가 와 숙소에서 스코트 니어링의 자서전을 읽었다.

8월 21일 금요일: 감 염색

전날 딴 감으로 염색을 하였다. 먼저 감을 칼로 반으로 잘라 돌절

구에 넣고 찧은 다음, 이것을 망에 넣고 즙을 짜낸다. 이 즙을 가지고 염색을 하는데, 원액을 그대로 쓰면 색깔이 지나치게 짙어져 물에 희석해 쓴다고 했다. 천을 염료에 담가 적신 다음 햇볕에 말리는 과정을 여러 번 해야 원하는 색깔이 나온다고 하였다. 나중에 보니 황토색 비슷한 색깔이 나왔다. 이날은 하루 종일 절구질만 하였다.

지난 밤 잠을 제대로 자지 못해서인지, 몸에 기운이 없고, 마음도 불안했다. 장차 귀농해서 잘 살 수 있을지, 그 전에 변호사 일은 제대로 할 수 있을지가 걱정되었다. 그보다 더 앞서, 지금 이곳 시골에서 이렇게 시간을 보내도 되는 것인지 하는 의문이 들기도 했다. 술을 좀 자제하고, 음식도 적게 먹으며, 참선에 힘을 써야겠다는 생각이 들었다. 아내와 아이들이 무척 보고 싶었다. 공동체 체험을 마치고 백일출가를 할 계획이었는데 이런 가족에 대한 그리움을 어떻게 견디어낼지 걱정이 되었다.

8월 22일: 토요일 뱀에 대한 공포

전날 밤 저녁을 먹고 10분 정도 걸어서 숙소로 오는데 드넓게 펼쳐진 밤하늘에 별이 가득했다. 별천지라는 말이 그대로 딱 맞았다. 도시에서라면 그렇게 맑고 밝은 별들이 빼곡하게 박혀 있는 것을 거의 볼 수 없을 것이다. 그 별을 보기 위해서라도 꼭 시골에 살아야 한다는 생각이 들었다.

시골에 살 것을 생각하면 생계도 걱정이지만, 뱀에 대한 두려움도 앞선다. 실제로 며칠 전 공동체에서 20살 된 태성이가 독사에 두 번이나 물려 병원에 입원하였다. 우리 숙소 바로 앞 도로에서 물렸다. 그 때문에 나도 밤에 숙소로 돌아올 때면 막대기로 땅을 쳐 소리를 내며 아주 조심조심 오곤 했다. 태성이는 열흘도 넘게 병원에 입원했고 퇴원해서도 발에 깁스를 하고 다녔다. 내가 "이젠 뱀에 면역이 생겼겠네?" 하고 물으니, "그러게요" 하고 대답하면서도 뱀이 더 무서워졌다고 하였다.

며칠 전 꿈에는 커다란 뱀이 두 마리 나타났는데, 하나는 공동체 학교 중1인 진기가 잡았고, 다른 한 마리는 내가 잡으려다가 놓쳤다. 나중에 녀석이 다시 나타났는데, 내가 이것을 잡으려다가 오히려 왼쪽 어깨와 팔꿈치 사이를 물리는 꿈이었다. 꿈에서도 실제 옷만 물리고 살은 물리지 않아 다행스러워했다.

16년 전 속리산 봉곡암에서 스님과 둘이 살면서 공부할 때, 그곳에도 뱀이 꽤 있었다. 그럼에도 생활하는 데 별다른 어려움이 없었던 것을 생각하면 뱀에 대한 공포도 막상 시골생활을 하게 되면 다 적응이 되리라 생각했다.

오전에 창고 주변의 풀을 베었다. 창고는 도자기 성형실로 바로 옆에 도자기를 굽는 가마가 있는데 사용한 지 꽤 오래되어 보였다. 계속 낫질을 하니 힘이 들었다. 힘이 들면 잠시 쉬면서 한 호흡 고르고 다시 낫질을 하는 식으로 작업을 이어갔다. 그런대로 견딜 만하였다. 팔에 점점 힘이 생기는 것을 느낄 수 있었다. 풀을 다 베고는, 공사를 하는 데 쓰고 남은 나무자재들을 가져다 난방용으로 때기 좋게 잘라 풀을 벤 자리에 쌓아놓았다.

오후에도 자재 쪼개서 나르는 일을 했다. 일하는 도중, 의왕에 있

는 대안학교에서 온 '누리'라는 고등학생과 잠시 이야기를 나누었
다. 며칠 같이 지내니 자연스럽게 대화를 할 수 있었다. 녀석은 기타
연주와 노래를 아주 잘한다. 서툴기는 해도 일도 게으름을 피우지
않고 열심히 하였다. 공동체에서 1년 이상 있으면서 농사를 배우고
싶다고 하였다. 개학이 얼마 남지 않아 이틀 후에 돌아간다고 하였
다. 누리는 공동체에 2주간 예정으로 왔다.

변산공동체학교 설립자 윤구병 선생

변산공동체학교에서의 둘째 주

8월 25일 화요일: 변산 막걸리

오전에 창고에 쌓아놓았던 찰벼를 널었다. 바구미라는 벌레를 없애기 위한 것이라고 했다. 인적이 뜸한 콘크리트길 한쪽에 검은 천을 깔고 그 위에 찰벼를 널었다. 스무 가마 정도 되었다. 오랜만이긴 해도 다행히 벼가마 하나 정도는 거뜬히 들 만한 체력은 되었다. 찰벼를 널고 가만히 보니 바구미가 꽤 많았다. 농약이나 비료를 전혀 쓰지 않은 찰벼다 보니 더 그럴 수도 있을 것이다.

이어서 고추를 땄다. 지난번에 따고 일주일 만이다. 김대표는 전체가 다 붉은 고추만 따야 한다고 여러 번 강조하였다. 익지 않은 부분이 있으면 잘 마르지 않는다고 하였다. 지난번에 딴 고추는 비닐

하우스 안에서 거의 다 말랐다.

　오후 3시부터 찰벼 널어놓은 것을 거두었다. 가마니에 담아 차에 싣고 공동체에서 조금 떨어진 곳에 있는 공동체 소유 창고로 가 방아를 찧었다. 주문자에게 택배로 보내기 위해서다. 공동체는 그곳에서 생산하는 곡물, 효소, 젓갈 등을 판매하여 충분히 자급자족하고 있다. 이것은 판매량이 어느 정도 되는 덕도 있지만, 굉장히 검소한 생활을 하기 때문에 가능한 것일 게다. 공동체는 남는 이익으로 불우한 형편에 있는 아이들을 모아 학교를 운영하고 있다.

　방아를 다 찧은 다음, 변산의 한 식당에서 김희정 대표와 곧 변산으로 귀농할 나보다 한 살 많은 성일씨와 함께 막걸리를 마셨다. 그 식당은 나와 인연이 있다.

　4년 전 변산공동체에 다녀온 직후, 동료검사들과 내변산 산행을 한 적이 있다. 전에 변산공동체에 머물면서 변산 양조장으로 술을 받으러 간 경험이 있어, 동료들과 함께 변산을 지나면서 막걸리를 사기 위해 그 양조장에 들렀다. 마침 그곳에 있던 아가씨에게 막걸리 두 병을 달라고 하니, 2천원인가 3천원을 내라고 하였는데, 잔돈이 없어 만원짜리를 냈다. 그랬더니 돈을 낼 것 없이 막걸리 두 병을 그냥 가져가라고 하였다. 동료에게서 잔돈을 얻어오겠다고 해도 그냥 가라고 하였다.

　산행을 마치고 다시 변산을 지나게 되어, 막걸리 값을 치르기 위해 양조장에 갔더니, 사장으로 보이는 아저씨가 있었다. 다시 온 사정을 말하면서 막걸리 값을 치르려고 하니, 손을 내저으면서 막걸리나 한잔하고 가라고 하였다. 그러면서 그가 데리고 간 곳이 바로 그

식당이었던 것이다. 이 식당도 그 사장이 운영하는 곳이다.

대표에게 이 이야기를 하니 웃었다. 전에 윤구병 선생님은 변산 막걸리가 최고라고 하였는데 요즘은 아닐 때가 있다. 가끔 시거나 단맛이 나는 경우가 있는데, 그때는 먹기가 고역이다. 그렇지 않을 때는 서울 막걸리보다 훨씬 낫다. 서울 막걸리는 탄산이 들어갔는지 톡 쏘는 맛이 있지만, 변산 막걸리는 그런 것 없이 무척 담박하다.

8월 26일 수요일: 변산공동체학교

농사일이 한창 바쁜 때가 지났다. 그래서 이즈음에는 주로 주변 정리를 한다. 남자 기숙사 뒤편 둑에는 감나무가 서너 그루 심어져 있다. 오전에 서너 명이 붙어 이 둑 풀베기를 하였다. 풀이 많이 우거졌다. 가시가 있는 환삼덩굴이나 찔레 때문에 여러 번 찔리고 긁혔다. 환삼덩굴에 긁힌 팔뚝은 마치 채찍이라도 맞은 듯했다.

계속 쭈그리고 앉아 낫질을 하다보니 허벅지 근육에 무리가 갔다. 어느 순간 왼쪽 허벅지 근육이 힘을 이기지 못하고 자신의 운동 가능 범위를 넘어서는 느낌이 들었다. 통증은 없었다(그러나 그때부터 보름이 지나도록 발이 저리고, 감각이 둔하고, 찌릿찌릿 아플 때가 있었다).

오후에는 공동체 식구들 모두 고창으로 나들이를 갔다. 엄밀히 말하자면 놀러간 것은 아니고, 공동체학교 학생들이 새 학기를 시작하기 전 오리엔테이션을 하기 위해 간 것이다. 전날과 이날 방학중이던 학생들이 공동체로 왔다. 중고등학생을 다 합치면 예닐곱 명쯤

된다. 공동체에 활기가 흘렀다. 지난 금요일 서울로 올라가 연락이 끊겨 식구들을 걱정시켰던 작업반장 인용씨도 돌아왔다.

변산에서 고창까지는 그리 멀지 않다. 교장선생님이 차를 운전하여 1시간 만에 선운사 부근의 한 펜션에 닿았다. 펜션에 짐을 푼 다음, 선운사를 둘러보고 도솔암으로 향했다. 거리가 상당히 멀었지만 몸이 좋지 않은 한두 사람 빼고는 다 다녀왔다. 교장선생님 아들인 초등학교 3학년 '나무'도 가뿐하게 걸었다. 도솔암 바로 전에 경사가 급한 오르막이 있었다. 거기서 한솔이와 먼저 올라가기 시합을 했는데 내가 졌다. 중3인 한솔이는 나보다 키가 훨씬 더 크다. 도솔암 옆에는 커다란 바위에 부처의 모습을 새겨놓은 것이 있는데, 바위 뒤쪽에는 바위 꼭대기까지 올라갈 수 있는 계단이 있다. 한솔이는 이 계단에서 다시 인용씨와 시합을 했는데 거기서는 졌다. 녀석은 반은 녹초가 되었다.

교장선생님이나 다른 사람들 말에 의하면, 지난 6월경 한솔이가 처음 이곳에 왔을 때는 굉장히 내성적이었다고 한다. 첫날 자신을 소개할 때 이름을 말하지 않기에 그 이유를 물었더니, "바로 갈 건데 이름을 알 필요가 없잖아요"라고 말했단다. 그런 녀석이 이제는 매우 밝아졌다.

내가 공동체에 간 이튿날, 아직 서먹서먹할 때, 녀석은 내 앞에서 양팔을 벌리며 "아저씨, 아저씨" 하고 어리광을 부렸다. 언젠가 내가 한솔이에게 "당분간은 여기에 계속 있을 거지?" 하고 물으니, "당분간은 있어야지요" 하고 대답했다. 녀석은 이곳 생활에 잘 적응하고 있었다. 물론 아침마다 늦게 일어나 교장선생님에게 혼이

나기는 하지만. 어쨌든 공동체학교에서는 아이들이 나름대로 자립심을 키우며 열심히 생활하고 있었다.

펜션에 돌아와 저녁을 지어 먹은 후 회의시간을 가졌다. 교장선생님이 공동체학교의 역사와 의의에 대해 설명하였다. 자신의 앞가림을 할 수 있고 또 남들과 잘 어울려 지낼 수 있는 사람을 키우는 데 학교의 의의가 있다고 하였다. 또 앞으로 생활함에 있어서 아이들이 스스로 규칙을 정하고 그에 따를 것을 요구하였다. 여행이나 공연도 아이들이 알아서 스케줄을 잡도록 했다. 돌아가면서 아이들이 소감을 말하고, 어른들도 일부 소감을 말했다. 아이들은 위층에 올라가, 회의를 하여 자신들의 생활규칙 같은 것을 정하고 내려와 발표하였다. 수업을 빠지지 않고 듣겠다, 매일같이 하는 공동체 전체의 작업 회의 말고 주기적으로 자신들만의 회의를 갖겠다, 학생들이 농사를 짓는 데서 나오는 수입 말고는 따로 차비 같은 것을 용돈으로 받지 않겠다는 것 등이었다.

공동체학교의 수업은 일반학교와 크게 다르다. 수업과목을 보면, 철학, 음악, 풍물, 염색, 목공, 영어, 역사, 농사 같은 것이다. 시험용이 아니라 자연과 함께, 다른 사람들과 더불어 살아가는 데 필요한 것들을 정성스럽게 가르친다. 대부분 머리에서 배워 머리에서 끝나는 일반학교와는 '질적으로' 다르다. 선생님들은 공동체에 있거나 공동체에서 독립해 주변에 사는 분들이다.

나 자신 가만히 돌아보면, 일반학교에서 과연 뭘 배웠나 싶다. 오로지 배운 것은 시험 보는 기술, 그 덕에 검사까지 하였으니 고맙다고 해야 하나? 초중고 12년을 배우고도 악기 하나 다룰 줄 모르고, 남들 앞에서 떳떳하게 그림을 그릴 줄도 모른다. 공을 다루는 기술도 학교에서 배웠다기보다는 아이들과 노는 가운데 배웠다는 것이 더 정확하다고 해야 할 것이다.

8월 27일 목요일: 당당한 여고생들

오후에 새로 손님이 왔다. 경희대에 다니는 대학생 4명(남자 1명, 여자 3명)이다. 교지 편집일을 하는데, 그 가운데 둘은 2년 전에도 왔었다고 했다. 오후 내내 비가 계속 와, 식당에 죽치고 앉아 새로 온 손님들과 막걸리를 마셨다. 나무 엄마는 새로 온 손님들과 이야기를 나누는 것을 무척 즐겼다.

저녁을 먹고도 식당에 남아 식구들과 막걸리를 마시며 이야기를 하는데, 교장선생님에게 전화가 왔다. 여고 1학년 2명이 고사포해 수욕장에서 노숙을 하려고 했는데, 모기 때문에 잠을 잘 수 없으니 도와달라는 것이었다. 학생 중 1명의 아버지가 보리출판사(변산공동 체의 설립자인 윤구병 선생님이 대표로 있으신 출판사)와 관계가 있어, 만일을 대비해 아이들에게 공동체 전화번호를 알려주었던 모양이었다.

교장선생님이 아이들을 데리고 왔는데, 앳되기는 하나 둘이서 여행길에 나선 용기가 대단하게 느껴졌다. 아이들은 서울 부근의 대안 학교에 다녔다. 원래는 고사포에서 노숙하고 위도에 가려고 했다고 한다. 교장선생님은 웃으면서 위도는 그만두고 공동체에서 3박 4일 간 묵고 갈 것을 권했다.

시골의 아침은 무척 상쾌하다. 우리 숙소에서는 70평 강당 뒤편에 있는 산이 멀리 정면으로 보인다. 아침마다 그 산에 안개가 끼는데 그 모습이 날마다 다르다. 언제는 산 아래에만 끼어 봉우리를 받치고, 언제는 머리 또는 허리에만 걸치기도 한다. 그와 같이 안개 낀 산을 바라보며 아침밥을 먹으러 가는 발걸음은 언제나 상쾌하다.

오전엔 퇴비사(거름을 만드는 창고) 주변의 풀을 베었다. 퇴비사가 무척 컸다. 안에서 기계로 퇴비를 뒤집는 등의 작업을 할 수 있을 정도였다. 생산하는 퇴비량이 많아 팔기도 한다고 하였다. 풀베기 작업은 어제 온 경희대생, 여고생 들도 같이 하였다. 대부분 처음 해보는 낫질이다. 위험할 것 같지만, 장갑을 끼고 하면 거의 다치지 않는다. 내 경우 변산에 있으면서 낫에 한 번 손가락을 베었는데, 그것은 왼손 장갑 손가락 끝에 구멍이 나 맨살이 드러났기 때문이었다.

오전 작업을 하기 전, 전날 밤에 온 여고생 1명과 대화를 나누다가 그녀가 백두대간을 종주한 것을 알게 되었다. 무척 놀라웠다. 어머니와 다른 사람들 수십 명과 같이 했다고 한다. 그 나이에 백두대간을 종주했다면 정말 대단한 일이다. 거기서 배운 체력, 용기, 의지가 평생 든든한 재산이 될 것이다.

오후에는 자루에 퇴비를 담았다. 20킬로그램과 30킬로그램짜리 퇴비자루를 만드는 것인데, 중량을 한 번에 맞추기가 쉽지 않았다. 저울로 잴 때 부족하면 더 넣고 남으면 덜어내야 한다. 나는 여고생 하림이와 짝이 되어, 하림이는 자루를 벌리고 나는 삽으로 퇴비를 자루에 부었다. 그렇게 부은 다음 저울에 올려놓았을 때 중량이 딱

맞으면 기분이 무척 좋았다. 중량 맞추기 게임이라도 하는 것 같아 나도 하림이도 싫증내지 않고 끝까지 재미있게 할 수 있었다.

여고생들은 다음 날 아침 공동체를 떠났다. 공동체 부근 내변산 중턱에 있는 월명암에 간다고 하여, 교장선생님이 그 등산로 입구까지 태워주었다. 이들은 떠나기 전, 전날 퇴비작업을 하여 더러워지고 냄새가 심하게 나던 장갑을 깨끗하게 빨아서 갖고 왔다. 생각들이 차분하고 깊고 적극적이어서 참으로 보기 좋았다.

변산공동체
김희정 대표

변산공동체학교에서의 셋째 주

8월 31일 월요일: 동네 물탱크 청소

오전에 동네 물탱크를 청소했다. 지하수를 끌어올려 저장했다가 각 집으로 나누어 보내는 탱크였다. 설치하고 3~4년간 청소를 하지 않아, 탱크벽에 물이끼나 진흙이 잔뜩 붙어 있었다. 변산공동체는 이 물탱크를 쓰지 않으나, 이장님 말로는 마을회의 때 김희정 대표가 자진해서 청소를 하겠다고 나섰다고 한다. 젊은 사람들이 아니면 청소하는 것이 쉽지 않음을 고려한 것일 게다. 청소를 다 마치는 데 오후 1시까지 4시간 이상이 걸렸다.

오후에는 보리출판사에서 온 여직원들 4명과 함께 개울가로 가 여학생 기숙사 짓는 데 쓸 돌을 줍고, 돌아오는 길에 수수를 베었다. 보리출판사 직원들은 입사를 하게 되면 의무적으로 변산공동체에 와서 일주일간 일을 해야 한다고 했다.

9월 1일 화요일: 씩씩하신 할머니

오전에 동부와 녹두를 따고, 땅콩과 수수가 같이 심어진 밭이랑의 풀을 베었다. 오후에도 계속 땅콩·수수밭 풀베기를 하였는데, 보리출판사 직원 1명의 속도가 상당히 빨랐다. 일을 해본 적이 없다고 하는데 나중에는 나를 추월할 정도였다. 풀 속에서 계속 달려드는 모기가 여간 성가시지 않았다. 햇볕도 뜨거웠다. 이럴 땐 막걸리 한잔이 그만이다.

그늘에 모여 참으로 떡과 막걸리, 맥주를 들었다. 우리가 일하던 곳 바로 옆에서는 허리가 굽은 할머니 1분이 400평은 족히 되는 밭에 거름을 펴고 있었다. 삽으로 퍼 먼 곳까지 날라 펐다. 전날에도 그 일을 하셨다. 전날에는 언제 그것을 다 하나 싶었는데, 오늘 보니 어느새 거의 다 하셨다.

맥주 한잔하시라고 할머니를 불렀다. 잠시 후에 할머니가 오셨다. 손에는 방금 캔 더덕이 잔뜩 들려 있었다. 할머니가 거름을 펴던 밭 바로 옆이 더덕밭이었다. 그냥 와서 맥주를 마시기가 미안하셨을까, 맥주 한잔에 비해 더덕이 너무 많았다. 할머니는 한 잔 마시더니 굉장히 시원해하셨다. 가만히 보니, 할머니가 귀고리를 하고 계셨다. 내가 연세를 여쭙자, 자세히 말씀은 안 하시고 웃으면서 "아직 일할 만큼 나이 먹었어"라고 하셨다. 그러고는 한참동안 할머니가 농사지은 더덕 자랑을 하셨다. 내가 보기에는 일흔이 훌쩍 넘은 나이인데, 그 연세에도 자신의 노동으로 당당하게 살아가는 모습이 아주 보기 좋았다. 허리가 굽은 채 삽으로 거름을 펴는 것을 멀리서 보고는 안타깝게만 생각했는데, 할머니의 당당한 모습을 가까이에서 보니 괜스레 내가 주눅이 들었다.

어쨌든 그늘 아래서 같이 일하는 사람들끼리 모여 참으로 술 한잔 하는 기분이 정말 좋았다. 바로 이것이 사람 사는 세상이라고 느껴졌다.

9월 2일 수요일: 당근씨 심기

오전에 다시 기숙사 짓는 데 사용할 돌을 날랐다. 오후에는 당근을 심었다. 당근 심는 철이 좀 지났다고 했다. 오전에 인용씨가 경운기로 밭을 골랐다(보통 로터리라고 한다). 두둑(논이나 밭 가장자리에 경계를 이룰 수 있도록 두두룩하게 만든 것)을 어떻게 만드는가 싶었더니, 모내기줄로 기준선을 잡고, 그 선을 따라 바깥쪽에서 안으로 흙을 파 올렸다. 두둑의 흙을 고른 다음, 약 30센티미터 간격으로 골을 파고 거기에 당근씨를 3개씩 10센티미터 정도 간격으로 뿌리고, 흙을 살짝 덮었다. 씨가 얇고 작아 3개씩 떨어뜨리는 것이 쉽지 않았다. 당근을 다 심고 시간이 남아 나머지 시간에 다시 주변 풀 뽑기를 하였다.

오전에 당근을 심은 곳 바로 옆에 있는 오이, 토마토, 고추를 철거했다. 그것들을 철거하면서 한 가지 불만이 생겼다. 대나무나 쇠파이프로 지지대를 세운 것까지는 좋았는데 지지대들 사이를 연결하는 줄과, 그 줄에 식물을 묶는 줄로 비닐 끈을 사용한 것이 마음에 걸렸다. 지지대 사이를 연결하는 줄이야 어쩔 수 없다 치더라도, 식물을 묶는 것은 지푸라기 같은 것을 사용했어야 하지 않나 싶었다. 실제로 철거작업을 하다보니 폐해가 그대로 드러났다.

먼저, 식물에 묶었던 비닐 끈을 일일이 풀거나 낫으로 자른 다음 수거해야 했다. 지푸라기로 했다면 일일이 풀거나 따로 수거할 필요 없이 그냥 밭에 떨어져 거름이 될 것이다. 지푸라기를 사용하더라도 두세 겹 이상으로 한다면 수확할 때까지 그 강도를 충분히 유지할 수 있으리라고 생각한다. 다음으로, 가만히 보니 비닐 끈이 식물의 줄기를 깊게 파고들었다. 이것은 위에서 본 것보다 더 큰 문제라고 생각되었다. 식물이 자라는 데 직접적으로 영향을 미치기 때문이다.

농사를 지으면서 비닐을 사용하지 않는 것은 굉장히 어렵다. 공동체를 통해 독립한 농가 중 80% 이상이 비닐 멀칭을 한다고 들었다. 전에 생태귀농학교 다니면서 실습을 갔을 때도 대부분 비닐 멀칭을 하였고, 1년에 한 번씩 열리는 전국귀농운동본부 회원의 날 행사 때도 '비닐 멀칭을 할 것인가'가 쟁점이 되었는데, 근본적으로 사용하지 않는 농가는 아주 드물었다. 이런 점을 고려할 때, 변산공동체에서 비닐 멀칭을 전혀 하지 않는 것은 크게 평가를 해야 한다. 다만, 사소한 것이지만 비닐 끈도 최소한으로 사용했으면 하는 바람이다.

밤에는 동네 사람들이 모두 모여 멍석을 깔고 앉아 영화 〈워낭소리〉를 보았다. 둥근 보름달 아래 야외에서 영화를 보는 재미가 있었다. 짚으로 짠 멍석이 따뜻했다. 이 멍석 말고 비닐로 된 깔판을 깔았다면 그 감촉이 어땠을까? 공동체에 있다가 독립한 춘호씨와 이야기를 나누었다. 스코트 니어링, 소로, 간디 등이 우리의 이야깃거리로 떠올랐다.

9월 4일 금요일: 철학시간 강의

변산에서의 마지막 날이다. 며칠 전 교장선생님이 내게 이날 오전 철학시간에 아이들 수업을 해달라고 하였다. 검사를 그만두게 된 이야기를 들려달라 하였는데 제대로 준비를 하지 못해 자못 걱정이 되었다.

강당 2층에 둥글게 앉아 이야기를 시작했다. 아이들은 7명 정도 되었다. 검사가 어떤 일을 하는 것인가를 내 경험을 토대로 설명하고, 나의 성장환경과 검사가 된 과정을 말한 다음 검사를 그만 둔 이유를 말했다. 아이들의 호기심을 유지하면서 말을 이어나가기가 결코 쉽지 않았다.

내가 검사를 그만둔 이유는, 더이상 조직생활에 적응할 수 없었기 때문이다. 물론 그전에도 잘 적응한 것은 아니지만, 최근에는 참아내는 것이 쉽지 않았다. 보다 근본적으로는 난 도시 생활을 싫어

한다. 도시 생활은 돈만을 중요시하고, 환경을 파괴하고 부자연스럽고 생명의 고귀함을 알지 못한다. 흙을 밟지 못하고 꽉 짜인 틀 속에서, 그저 돈을 버는 것을 최고의 행복으로 아는 도시인은 어디까지나 기계 또는 그 부속품일 뿐이다. 이런 이유로 난 오래전부터 귀농을 꿈꾸어왔다.

이런 상황에서 노무현 전 대통령이 돌아가셨다. 그 소식을 듣고 도저히 가만히 있을 수 없었다. 누구는 목숨까지 던지는데 현실에 안주하는 내 자신이 너무나 부끄러웠다. 내가 만족하지 못하는 검사 생활을 언제까지 더 할 것인가.

아이들에게 이런 이야기를 하면서 사람은 정말로 자기가 하고 싶은 일을 하면서 살아야 하지 않겠는가 하고 말했다. 아이들에게 내가 검사를 그만둔 이유를 이해하겠느냐고 물었더니 다들 고개는 끄덕였다. 수업을 조금 일찍 끝내고 아이들과 돌아가며 탁구를 쳤다. 점심 때는 아이들과 식구들을 위해 자장면을 한턱냈다.

3주간 공동체에 있으면서 느낀 것은, 인간의 참다운 행복의 바탕은 흙과 함께하는 육체노동에 있다는 점이다. 교장선생님 아들인 나무와 상당히 친해져서, 녀석은 내게 '원근이 삼촌'이라고까지 했던 터라 헤어지는 것이 무척 아쉬웠다. 내년 모내기 때 가겠노라고 약속했다. 공동체 식구들 모두 언제나 건강하기를 빈다.

아이들의 손때 묻은 흔적
목공실 문그림

도서관 벽에 붙은
아이들의 그림들

지난 토요일 장성동에 있는 텃밭에 가 김을 매고, 한 달 전 마늘을 캐어 비어 있는 곳에 당근을 심었다. 아내와 아이들도 함께 갔다. 아내는 10미터도 안 되는 들깨 고랑 하나를 매고는 어지럽다면서 밭 한쪽에 장인어른께서 설치한 컨테이너 안에 들어가 누워버렸다. 아내는 김을 잘 매는 편인데, 오랜만에 밭에 온 때문인지 금방 기운이 떨어졌다. 집에서 텃밭까지는 걸어서 올 수 있는 거리가 아니기 때문에, 운전을 못하는 아내 혼자서는 밭에 올 수 없다. 어쩔 수 없이 나와 함께 와야 하는데, 최근에 내가 주말마다 바빠서 밭에 오지 못하니 아내도 덩달아 밭에 오지 못한 것이다.

중학교 1학년인 해빈이는 밭에는 나와 보지도 않고 아예 처음부터 컨테이너에 틀어박혀 음악을 듣거나 책을 읽었다. 초등학교 4학년인 선재는 당근을 좋아하는데, 컨테이너 안에 있던 녀석을 불러내, "네가 먹을 당근이니까 씨를 뿌려라" 했다. 당근씨는 골을 타고 10센티미터 간격으로 3개씩 심는다. 당근씨는 길이가 약 3밀리미터밖에 되지 않을 정도로 작고, 색깔도 흙과 비슷해서 씨앗이 3개씩 제대로 떨어졌는지 확인하기가 쉽지 않다. 녀석은 몇 번 해보더니, 씨앗이 어디에 떨어졌는지 도무지 알 수 없다면서 못 하겠다고 했다. 애초부터 선재에게는 기대할 수 없는 일이었다. 녀석을 컨테이너로 돌려보냈다. 잠시 후에 아내가 나왔다. 선재가, "아빠 혼자 일하는 것이 불쌍하니 엄마가 가서 도와주라"고 했다는 것이다. 제 딴에는 쉽지 않은 일을 아빠 혼자 하는 것이 가여워 보였는가보다.

우리가 농사짓는 텃밭은 장인어른 것이다. 장인어른은 초등학교 선생님으로 계실 때에도 주말마다 농사를 지으시더니, 정년퇴직 후에는 매일 농사에 전념하신다. 난 작년부터 장인어른 밭에서 50평 정도를 쪼개어 농사를 짓기 시작했다. 농사만 짓는다면, 밭 50평은 부담될 것이 전혀 없지만, 작년에 변호사 개업을 한 내 입장에서는 적지 않은 부담이 되는 면적이다.

변호사가 해야 할 일이 생각보다 많았다. 주말에도 사람들을 만나고 밀린 일을 해야 하는 경우가 잦다. 게다가 2주에 한 번씩 신문칼럼을 쓰고, 매주 목요일마다 나가는 라디오방송(청주MBC 알쏭달쏭 법률이야기) 녹음을 해야 한다. 올 2월에는 정토불교대학에 입학하여 매주 화요일 저녁마다 빠지지 않고 나가고 있다. 또 책을 한번 내보겠다고 주말마다 끙끙거리며 글을 썼다. 사정이 이렇다보니, 어떤 때에는 시간에 조임을 당하는 듯한 압박감을 느끼기도 한다. 내가 좋아하는 아침 달리기나 산행을 제대로 하지 못한 지 오래다. 정말로 텃밭에 신경을 쓸 여유가 없었다.

그렇다고 밭을 무한정 방치할 수는 없다. 그대로 두었다가는 금방 온통 다 풀밭이 되어버린다. 급할 때는 평일 새벽에 가 1시간 정도 일을 하고 출근을 한다. 그러나 자주 그렇게 시간을 낼 수 없기 때문에, 그것만으로는 밭을 돌보기에 턱없이 부족하다. 그러던 차에 지난 토요일, 모처럼 여유를 갖고 오랜 시간 밭에 매달렸다. 구슬땀을 흘리면서 김을 거의 전부 매고, 당근까지 심고서 밭을 바라보니 잔잔한 마음의 평화가 생겼다.

초보농사꾼에게 가장 어려운 것 중 하나가 씨뿌리기다. 무엇보다도 때를 잘 맞추어야 한다. 너무 이르면 싹이 잘 트지 않고, 늦으면 수확을 제대로 하지 못한다. 혼자서는 때를 알 수 없어 주변 밭에서 하는 것을 따라 하는데, 보통 주말에만 일을 하다보니, 한 번 시간을 놓치면 파종이 다른 곳보다 2주나 늦어지게 된다. 작년에는 참깨를 그렇게 늦게 심었는데, 다행히 열매를 맺기는 했다. 올해는 미리부터 신경을 써 제때 참깨씨를 뿌렸지만, 싹이 잘 나지 않았다. 장인어른은 비둘기가 씨를 파먹었다고 하고, 어머니는 비닐을 씌우지 않아 싹이 나지 않는 것이라고 하였다. 2주 정도 기다렸다가 다시 씨를 뿌렸다. 마찬가지로 듬성듬성 싹이 날 뿐이었다. 속이 상했다. 농사란 것이 정말 쉽지 않다는 생각이 들었다. 나야 그저 텃밭 개념으로 하는 것이라 그렇다 쳐도, 상업적으로 하는 분들은 얼마나 속이 타겠는가. 나중에 장마철이 되어 비가 계속 오자 뒤늦게 싹이 터져 나오기 시작했다. 싹이 트지 않은 것은 가뭄 때문이었던 것 같다. 다른 곳의 참깨밭은 키가 고른데, 우리 밭은 먼저 나온 것과 나중에 나온 것이 뒤섞여 키가 제각각이다. 그래도 난 흙 속에서 살아나온 게 대견할 뿐이다.

싹 트는 이야기를 좀더 해보자. 감자는 펜으로 꼭 찍어서 누른 것처럼 오목하게 들어간 부분이 씨눈이다. 이 씨눈이 2~3개 되도록 조각을 내어, 씨눈이 아래로 향하도록 심는다. 앞서 본 당근과 달리, 감자 심는 것은 아주 쉽기 때문에 가능하면 아이들을 시킨다. 금방금방 진도가 나가기 때문에 아이들도 재미있어 한다. 그렇게 심을 때면, 과연 제대로 싹이 틀까 하는 의문이 생긴다. 그런데 감자의 생명력은 정말로 대단하다. 작년과 올해 지켜보니, 싹이 나는 비율이 95퍼센트 이상 되었다. 어린 감자싹이 흙을 머리에 이고 이 세상으로 몸을 드러내는 모습은 정말로 경이롭다. 그것은 흙이 연출하는 마술과도 같았다.

어릴 때 부모님의 농사를 돕긴 했어도, 그것은 잠깐잠깐 가서 일을 도운 것이라, 씨를 뿌리고 관리하고 수확하는 농사의 전체를 알지는 못했다. 작은 텃밭이지만, 이제는 처음부터 모든 것을 다 내가 해야 하니, 잘될까 하는 불안도 있고, 전체의 과정을 하나하나 지켜보는 재미도 있다.

작년 가을에는 마늘을 심었다. 통마늘을 쪼개어 하나씩 세워 심는다. 흙을 덮고 그 위에 왕겨를 두텁게 덮었다. 한겨울을 나야 하기 때문이다. 다른 사람들과 달리 비닐은 씌우지 않았다. 얼어 죽지 않고 살아남을까 싶었는데, 봄이 되니, 마늘은 왕겨 속에서 뾰족뾰족 싹을 내밀었다. 그것을 바라보는 내 마음은 생명에 대한 경외와 환

희로로 가득 찼다. 아무리 다른 일이 바빠도 텃밭 농사가 뒷전일 수 없는 건, 내가 이 농사를 통해 생명의 에너지를 얻고 있기 때문이다. 모든 생명은 흙이 아니면 살아갈 수 없다. 흙에서가 아니면, 살아 있는 것 같아도 그것은 가짜다.

몇 달 전에 선재 학교에서 강낭콩을 심어서 갖고 오라는 과제를 내줬다. 미루다가 뒤늦게 장인어른께 강낭콩 씨앗을 두 개 얻어 우유팩에 심었다. 싹이 난 것을 과제물로 제출해야 하는데, 이미 시기를 놓쳤다. 그래도 선재는 생각날 때마다 물을 주면서 강낭콩을 돌보았다. 강낭콩 하나에서 싹이 났다. 선재는 왜 다른 강낭콩에서는 싹이 나지 않느냐고 물었다. 불량 씨앗이거나 경쟁에서 진 모양이었다. 강낭콩은 점점 자라 꽃을 피우고 꼬투리를 만들었다. 선재는 신기해했다. 워낙 좁은 곳이고 흙에 거름기가 없는 때문인지 열매는 하나만 맺었다. 겨우 종족보존은 한 셈이다. 선재에게는 커다란 생명공부가 되었다.

난 자연과 함께하는 것이 가장 좋은 공부라고 생각한다. 인간도 자연의 한 부분, 그 자연에 '자연스럽게' 동화되는 것이 가장 바람직한 삶이라는 믿음을 갖고 있다. 책을 읽고 인터넷을 통해 정보를 얻는 것도 필요하지만, 그것도 자연과 함께하여야만 참된 의미가 있다고 본다. 난 우리 아이들에게 살아가면서 부딪치는 모든 문제들을 이 자연 전체 속에서 바라볼 수 있는 힘을 길러주려고 애를 써왔다. 그런 차원에서 오래전부터 내가 해온 주말농장은 나뿐만 아니라 아이들 정서에도 커다란 도움이 되었다.

인천지검에 근무할 때도 농협이 운영하는 남촌동 주말농장을 분

양 받아 농사를 지었다. 일주일에 한 번씩 밭에 갔는데, 그때만 해도 아이들은 서로 씨를 뿌리겠다, 물을 주겠다며 다투었다. 5월 어느 날 초저녁에 밭에 갔다. 선재가 차에서 내리자마자, "시원하다, 시원하다"라고 말하면서 얼굴에 미소를 짓고는 밭을 향해 뛰어갔다. 그 말을 듣노라니, 순간 몸과 마음 속에서 싸한 바람이 휙 지나갔다. 만 4살밖에 되지 않은 선재의 입에서 그런 말이 나온 것이 신기하면서도, 다른 한편으로는 자연스럽게 느껴졌다.

당시 녀석은 하루 중 대부분을 아파트 8층 집 안에서 보냈다. 하루에 한 번 산책을 한다 하여도 고작 30분 정도에 불과했다. 그런 생활 속에서 자연의 싱그러움, 시원함을 제대로 느낄 수는 없었을 것이다. 주말농장은 사방이 트여 있고, 주변에는 산이 있으며, 초저녁의 선선함까지 더하였으니, 그 공기가 아파트의 갑갑함에 지쳐 있던 녀석에게는 얼마나 시원했을까. 잠깐의 선선함에, 미소까지 지으며 고마워 어쩔 줄 모르는 녀석이 불쌍하였다.

자연이 우리 인간에게 제공하는 건강한 기운을, 자식들로 하여금 마음껏 누리게 하지 못하는 것은 커다란 죄악이다. 아이들은 그 기운을 흠뻑 받으며 자라야만 건강하고 원만한 인격체로 자랄 수 있다고 나는 확신한다.

검사 사직서를 낸 후인 2009년 7월, 서울신문 기자로 있는 후배와 술을 마시게 되었다. 후배는 검찰 출입기자였다. 후배에게 사직서를 냈다고 하니, 그 이유를 물어왔다. 첫째는 노무현 대통령이 검찰에서 조사를 받다가 돌아가신 것, 둘째는 이제는 본격적으로 농사 준비에 뛰어들어야겠다는 생각 때문이라고 했다. 당시 난 서울생태귀농학교를 막 졸업한 직후였다. 후배는 두 가지 이유 모두에 관심을 가졌지만, 특히 두 번째 것에 호기심을 보였다. 기사로 내겠다면서 허락해달라고 했다. 바로 귀농을 하는 것도 아니어서 기삿거리도 안된다며 몇 번을 거절했으나, 후배의 집요한 요구를 끝내 뿌리치지 못했다. 다음 날 신문에 '아이들에게 자연 순리대로 사는 법 알려주고파'라는 제목의 기사가 실렸다. 내가 "건강한 삶이 아이들에게 아버지로서 해줄 수 있는 가장 큰 선물"이라고 말했다는 것과 함께 '잘나가던' 검사가 갑작스레 귀농을 선언했다는 내용을 적었다. 뒷부분은 과장이다. 어쨌든 난 이 기사 때문에 귀농검사가 되었다.

난 '귀농검사' 답게 검사게시판에 '서울 소나무'라는 제목으로 아래와 같이 사직인사를 올렸다.

평소 산에 자주 다니다보니, 나무와 풀에 관심이 많습니다. 올핸 특히 소나무에 눈길이 많이 갔습니다. 지난겨울 용문산 옆 백운봉에 눈을 맞으며 오르면서 본 고고한 소나무, 소금강 곳곳에 바위들과 어울려 마치 교향악을 연주하는 관현악단처럼 서 있던 금강소나무들이 떠오릅니다.

봄이 되면서 소나무 가지 끝에서 새순이 나오는 것이 무척 신기했습니다. 새순이 나오기 시작하는 지점에서 파란 솔방울이 만들어집니다. 산에 갈 때는 물론 출퇴근길에도 소나무를 만나면 새순들을 애정을 갖고 바라보았습니다. 저희 청 현관 앞 정원에도 소나무가 있습니다. 현관으로 오르는 길 바로 옆에 세 그루가 있는데, 두 번인가는 그 소나무 옆에 다가가 새순을 만지고 '뽀뽀'도 하였습니다.

그러던 어느 날 출근길에 보니, 미리 예상은 했던 바이지만, 제가 사랑하던 소나무 세 그루가 '깔끔하게' 이발을 한 것이 아닙니까. 새순들이 무참히 잘려나갔지요. 거칠게 불규칙하던 소나무의 외곽은 아주 완만한 곡선으로 바뀌었습니다. 어떤 사람들은, 저는 절대로 동의하지 않지만, 그 곡선을 '미美' 라고 강요합니다. 제 기준으로 도시에서 산다는 것은 저같이 '철없는' 사람뿐만 아니라 나무 같은 식물에게도 고통인 것 같습니다. 이번 여름 인사를 앞두고 사직서를 냈습니다. 서울에서는 아니지만, 도시 생활을 조금 더 해야 할 것 같습니다. 언젠가 제가 사는 시골에서 뵙게 되면, 맛있는 막걸리 한사발 기분 좋게 대접하겠습니다.

사람들은 내가 귀농을 할 거라고 말하면 선뜻 그대로 받아들이려고 하지 않고, 치기稚氣어린 생각으로 치부한다. "농사가 얼마나 힘든데" "내가 어릴 때 해봐서 아는데 아무나 못 하는 거야" "전원주택 지으려고? 집 옆에 조그맣게 텃밭을 가꾸면 할 만 하지" 내 말을 듣는 사람들이 쏟아내는 말들이다. 귀농에 대한 나의 진정성과 절절함을 제대로 이해하는 이는 아내와 서울생태귀농학교 동기 정도다. 2년 동안 옆에서 내가 농사짓는 것을 본 장인, 장모 님은 어느 정도 믿어주시는 것 같다.

물론 나도 농사가 쉽지 않다는 생각을 한다. 특히 석유를 쓰는 농기계나 비닐을 사용하지 않는 생태농사는 더욱더 힘들 것이다. 인간으로서의 생활에 필요한 최소한의 생계비는 마련할 수 있을지, 솔직히 두려운 마음도 크게 자리 잡고 있다. 실제로 귀농한 사람들 가운데 상당수가 최소한의 생계비를 만들지 못해 다시 도시로 돌아온다. 나도 그런 두려움 때문에 아직 온전히 농사에 몸을 던지지 못하고, 변호사 일에 다리를 걸치고 있다. 그러나 농사는 나의 오랜 꿈이다. 흙과 함께 사는 삶만이 온전한 삶이라는 믿음 또한 오래되었다. 농사 한 번 제대로 지어보지 못하고 죽으면 너무나도 억울할 것 같다.

지난주 일요일에는 아내와 함께 괴산군 청천면에 다녀왔다. 아는 분의 소개로 우리가 살 시골집을 알아보기 위해서였다. 마땅한 집을 찾진 못했지만, 앞으로 그런 식으로 계속 찾아다닐 작정이다. 이제 변호사 일도 어느 정도 익숙해졌으니, 내년부터는 농사짓는 것에 더 많은 연구와 투자를 할 것이다.

김매는 아내와 장난하는 선재,
그리고 우리 텃밭의 참깨

올해 큰애가 중학교에 들어가고 작은애는 4학년이 되었다. 그동안 집에 책상이 하나밖에 없었는데, 작은애가 고학년으로 올라가니 책상을 하나 더 사야 할 필요성이 생겼다. 작은 녀석은 책상이 없다보니 방바닥에 엎드려 책을 보거나 숙제를 하거나 했는데 그러니 자세도 나빠지고 축농증 증세까지 생겼다.

아내와 작은애를 데리고 가구단지에 가, 여러 곳을 둘러보고 마음에 드는 책상을 하나 샀다. 책상을 고르면서 단순한 형태일 것과 아이들 정서에 도움이 되어야 할 것을 가장 중요하게 생각했다. 아이들이 많이 앉아 있는 책상은 알게 모르게 아이들 정서에 크게 영향을 미칠 수밖에 없다. 자연에 가까울수록 아이들 정서는 순화된다. 화학처리를 한 합판으로 만들거나 철로 만든 책상은 우선적으로 배제하였다. 그래서 가격이 좀 비싸기는 하지만 자작나무 원목으로 만들었다는 것을 골랐다. 본래 나무 색깔을 그대로 간직하고 있었고, 책상에 바른 도료도 천연재료를 사용했다고 했다. 작은애도 마음에 들어했다.

가구점을 여러 군데 다니면서 살펴보니, 침대, 식탁, 장롱 같은 가구들이 아주 멋있게 전시되어 있었다. 순간적으로 사용하고 싶은 생각이 절로 들 정도였다. 그러나 그것은 잠시뿐이었다. 우리 집에는 침대, 식탁, 소파가 없다. 식탁이나 소파는 본래 없었고, 침대는 있었으나 몇 번 이사를 다니면서 낡아진 것을 버렸다. 그후로 침대를 사고 싶은 생각은 들지 않았다. 아이들은 식탁이나 소파를 사자고 아우성이지만, 살아보니 그것이 없어도 불편하진 않다. 괜히 쓸데없이 공간만 많이 차지할 뿐이다. 방바닥에 앉아 밥을 먹는데, 밥상의 다리가 흔들거려 이것을 나사못으로 고정하고 사용하고 있다. 그렇게 하니 오히려 더 애정이 간다.

우리 집엔 전기청소기도 없다. 이사할 때 다른 사람에게 주고는 다시 사지 않았다. 청소기를 사용하면 머리카락이나 먼지를 잘 빨아들여 청소의 편리함은 있다. 그렇지만 난 청소기의 소음이 마음에 들지 않는다. 청소기를 사용하고 나면 깨끗하다는 느낌은 있지만, 반면에 정서적으로는 막 쫓겨서 한 기분이었다. 대신 빗자루를 사용하면 바닥을 쓸 때 나는 소리가 귀에 편안하게 들린다. 비로 쓸면서 가만히 마음까지 살펴보면, 빗자루는 방바닥뿐만 아니라 내 마음까지도 가지런하게 쓸고 있음을 보게 된다. 때론 머리카락이 잘 쓸리지 않아 답답할 때도 있지만, 청소를 마치고 난 다음 마음속으로 느껴지는 여유는 청소기를 사용해서는 얻기 힘든 것이다. 빗자루도 전에는 합성수지로 된 것을 쓰다가 최근에는 천연수수로 만든 것으로 바꾸었다.

결혼 직후인 10년 전쯤, 기도하는 데 쓰기 위해 방석을 두 개 만들었다. 항상 기도를 열심히 한 것은 아니지만, 그래도 10년쯤 지나니, 안에 넣은 솜이 가라앉고 겉감 여기저기가 닳아 해졌다. 아내는 방석 두 개를 하나로 합쳤다. 겉감도 한쪽의 온전한 곳을 잘라내어 다른 방석의 해진 곳을 깁는 데 썼다. 그렇게 하니 방석 겉감이 온통 누더기였다. 그런데 그 누더기가 그렇게 귀하게 여겨질 수가 없었다. 방석을 새로 하나 샀는데, 난 새것보다 누더기에 훨씬 더 애착이 갔다. 흔히 하는 말대로, 사물의 가치는 돈만으로는 평가할 수 없는 것이다. 그 누더기에는 아내와 내가 기도해온 시간이 그대로 배어 있다.

아내는 두 아이를 다 천기저귀로 키웠다. 전업주부라 가능할 수 있었겠지만, 화학처리된 일회용 기저귀로 아이들의 맨살을 간질이고 싶지 않은 마음이 강했다. 그 덕인지, 아이들은 성품이 온순하고 참을성이 있다. 아이 때 별로 울지 않았고, 지금도 몸이 아파도 보채지 않는다. 아이들이 큰 다음, 아내는 아이들이 쓰던 기저귀를 잘라 생리대로 사용했다. 이제 중학교에 들어가는 큰애도 천으로 된 생리대를 사용한다.

난 검사를 그만두고 법무법인에 들어가면서 산악회를 만들었다. 매달 첫 번째 토요일에 산행을 하는데, 다행히 회원들의 호응이 좋아, 그동안 무더웠던 8월을 제외하고는 빠짐없이 해오고 있다. 그런데 산행할 때 보니, 회원들이 종이컵, 나무젓가락 등 일회용품을 많이 사용하고 있었다. 산에서 여러 명이 모여 식사를 하고 나면, 쓰레기가 한 보따리씩 나오곤 했다. 그것을 그대로 지켜볼 수 없었다. 나는 등산컵을 사 회원들에게 하나씩 선물했다. 그리고 회원들에게 가능하면 일회용품을 쓰지 말자고 권유했다. 회원들도 몇 번 그렇게 해보니 쓰레기가 거의 생기지 않는다면서 좋아했다.

일회용품의 대명사는 종이컵이다. 사람들은 물 한 모금만 먹고도 종이컵을 거리낌 없이 버린다. 재활용한다며 따로 모으기는 해도, 단 한 번 그렇게 쓰고 버려지는 것을 생각하면 마음이 답답하다. 그래서 난 언젠가부터 종이컵을 거의 사용하지 않는다. 집이나 사무실에서는 사기로 만든 잔을 사용할 수 있으니 종이컵의 필요성을 거의 느끼지 못한다. 식당에 가서는 후식으로 나오는 음료를 마시지 않는다. 대부분 종이컵으로 나오기 때문이다. 자판기나 종이컵에 넣어 파는 음료도 마시지 않는다. 아내는 아예 물컵을 핸드백에 넣고 다니면서 사용한다.

화장지도 용변을 볼 때를 제외하고는 가능하면 사용하지 않는다. 항상 손수건을 주머니에 넣고 다니면서, 화장실에서 물 묻은 손을 닦고 식당에서 냅킨 대신 사용한다. 코를 풀 때도 세면기에 물을 조금 받아 사용한다. 가끔 출근할 때 손수건을 챙기지 못하고 가는 날이 있다. 그런 날은 하루 종일 불안하다. 화장실에서 손을 씻고 와이셔츠에 물을 닦으면 손수건에 대한 생각이 간절하게 난다. 어느 날 보니, 손수건 하나가 닳아 해지려고 했다. 그것을 본 순간, 그 손수건과 참 오랜 시간 같이 지냈구나 하는 생각과 함께 손수건이 무척 소중하게 여겨졌다. 일회용품을 써서는 경험할 수 없는 관계라고 할 것이다.

사람들이 일회용품을 사용하는 이유는 편리함 때문이다. 빨래나 설거지 같은 뒤처리를 할 필요가 없다. 그러나 우리는 이 편리함을 대가로 소중한 가치를 잃는다.

일회용품을 사용하다보면 소비가 천박해지고 획일화된다. 일회용 용기 안에 든 음식을 플라스틱으로 된 수저로 떠먹는 상황에서 식사의 품위를 조금도 찾을 수 없다. 획일화된 일회용 기저귀, 컵 등을 사용하니 소비의 개성은 거의 없다. 다른 사람과 다른 나의 영역은 그만큼 좁아진다.

일회용품 사용이 일상화되다보면 사물에 대한 존중과 애착이 줄어들 수밖에 없다. 어차피 한 번 쓰고 버릴 것이므로. 이렇게 가벼워진 가치관은 사람을 대하는 마음에도 영향을 미칠 수 있다. 상대방을 고귀한 인격자로 대우하기보다는 그저 일회적인 만남으로 치부할 가능성이 있다. 일회용품의 대량 사용은 자연을 파괴할 뿐 아니라 인간의 심성마저도 일회적이고 소모적인 것으로 만든다. 자연주의는 아끼고 다시 쓸 것을 요구한다. 우리가 일상생활에서 자연주의를 실천할 수 있는 길은 많다.

도시의 환경은 온통 콘크리트나 아스팔트로 덮여 있고, 매연과 소음으로 가득하다. 대량소비로 일회용품 쓰레기가 넘쳐나는데, 재활용은 거의 되지 않고 매립되거나 해양에 투기된다. 도시인들이 먹는 음식은 농약과 비료에 오염된 것도 모자라, 요즈음은 유전자까지 조작되기도 한다. 돈이 최고의 가치이기에, 사람들은 돈에 굽신거리고, 돈을 벌기 위해 주식이나 부동산에 투기한다. 교육의 참다운 가치는 돌아보지 않은 채, 그저 명문학교에 보내기 위해 아이들을 오로지 시험성적이라는 한길로만 몰아간다. 조직사회에서 살아남기 위해서, 때로는 자기 자신의 고유한 가치를 포기하지 않을 수 없다. 도시 생활에서 자연스러움은 갈수록 엷어지고 억지스러움만 두꺼워져간다.

난 비록 아직도 도시에 살고 있지만, 나름대로 자연스러움을 추구하며 살려고 노력한다. 물론 내가 가야 할 궁극적인 길은 귀농이지만, 그전에라도 내 안에서 자연성自然性을 찾아내어 기르고자 한다. 그 자연성의 기본은 소박과 개성이다. 사치스럽지 않고, 남과 다른 나의 개성을 당당하게 구현하여야 한다. 난 아이들에게도 그런 자연성을 심어주어야 한다는 절박한 마음을 갖고 있다. 다행히 아내도 이에 대해서는 나와 가치관이 같다.

요즘 아이들은 우리보다 더 넓은 아파트에 사는 친구들 집에 다녀와서는 "우리도 30평 넘는 집으로 이사를 가자"라고 한다. 아내와 나는 아이들이 그렇게 말하는 것을 조용히 무시한다. 우리는 행복의 척도는 결코 돈의 많고 적음이나 집의 크기에 있지 않다는 것을 굳게 믿기 때문이다. 행복은 자연의 순리에 따르는 소박한 삶에 있다. 이런 가치관이 투철할 때, 현대인들이 돈을 많이 벌고 남들에게 잘 보이기 위해 아득바득 살아가는 모습은 중생놀음으로 보일 뿐이다. 아이들도 자신의 눈으로 세상을 바라볼 나이가 되면 아내와 나의 이런 생각을 이해할 것이라 믿는다.

어느 추운 겨울날,
강원 홍천군 팔봉산 아래
홍천강에서 아이들과 얼음놀이

4
나를
내려놓기

만 배는
만 배일 뿐

출가出家란 익숙한 것들과의 이별이다. 익숙한 것들의 상징은 집이다. 가족, 돈, 편안함, 안정과 같은 것들이 다 집에 해당한다. 어리석은 사람들은 이것을 행복으로 알고 추구한다. 그러나 이것은 진정한 행복을 가져다주지 못한다. 오히려 그것에 집착하면 고통만이 더해진다. 이러한 이치를 깨닫고 익숙한 것들을 과감히 떨쳐내고 진정한 자유를 찾아 나서는 것이 출가다.

사실 출가란 장소적 개념이 아니다. 꼭 집을 떠나 절에 가야 하는 것이 아니다. 절에 있으면서도 제대로 '출가'를 하지 못하고 세속적인 쾌락 추구에서 헤어나지 못하는 경우가 부지기수다. 어찌 보면, 집에 있으면서 익숙한 것들과 이별하는 것이 최고의 출가일 것이다. 그러나 이것은 오랜 기간 잘못된 업業에 길들여진 중생들에게는 거의 불가능하다. 그런 이유로, 불교 역사상 위대한 스승들도 대부분 가족과 집을 버리고, 절에 들어가 엄격한 규율 속에 살면서 수행의 틀을 잡았다.

나의 경우, 부처님 공부를 시작한 지 17년이나 되었음에도 이렇다 할 만한 진전을 보지 못하고 있었다. 꾸준하게 공부를 해야 한다는 마음은 간절하였는데, 언제나 스트레스나 술 등에 져, 끊어졌다 이어졌다 하면서 공부는 힘을 얻지 못했다. 10여 년 다니던 검찰을 그만두기로 하고 변호사 개업을 생각하고 있을 때, 서울 정토법당에 다니던 아내가 "그동안 열심히 일했으니 '백일출가'를 해 좀 쉬라"고 말했다. 좋은 생각이라 여기고, 별다른 망설임 없이 출가를 결심했다. 십수 년 전 본격적으로 불교에 관심을 갖게 된 이래, 행자생활을 꼭 한 번 해보고 싶었다. 세속에서 벗어나 청정한 계율을 바탕으로 절 생활을 하면서, 나를 돌아보고 수행의 힘을 얻고 싶었다. 쉬면서 부처님 공부에 힘을 얻고, 그동안 술 등에 시달리던 습관을 바로잡고 싶었다.

재작년 9월, 문경시 가은읍 원북리 뇌정산 중턱에 있는 정토수련원으로 백일출가를 하러 가는 마음은 설레기도 하고 두렵기도 했다. 오랫동안 품어온 소원을 이루게 되었으니 어찌 마음이 설레지 않겠는가. 그러나 다른 한편으로는 절 생활을 잘할 수 있을까, 집에 두고 온 아내와 아이들은 나 없이도 잘 지낼까, 몇 개월씩 돈벌이에서 벗어나도 나중에 살아가는 데 지장은 없을까 하는 두려움이 있었다.

가은읍 버스터미널에서 나처럼 백일출가를 하러 온 사람 3명을 만났다. 같이 택시를 타고 수련원으로 갔다. 가는 길에 보니 사과나무에 붉게 익은 사과가 주렁주렁 달려 있는 모습이 인상적이었다.

5년 만에 온 수련원은 반갑고 낯설었다.

정토수련원은 불교수행단체인 '정토회'의 교육기관이다. 유수스님이 수련원장이고, 수련을 맡은 법사님들이 여러 분 계신다. 이곳에서는 백일출가를 비롯해, 4박 5일간 이루어지는 깨달음의 장, 나눔의 장, 명상수련 등의 프로그램이 진행된다. 난 검사로 재직하던 2004년 깨달음의 장에 다녀왔다.

정토회에는 수련원 말고도, 국제기아·질병·문맹퇴치를 목적으로 활동하는 '제이티에스JTS', 북한 주민에 대한 인도적 지원과 탈북난민(새터민)의 인권개선과 남북의 평화적 통일을 앞당기기 위해 노력하는 '좋은벗들', 쓰레기제로운동 등을 통해 친환경적 삶을 추구하는 '에코붓다' 등의 단체가 있다. 정토회는 철저한 개인수행과 함께 사회참여를 동시에 추구하고 있다. 지도법사는 법륜스님이다. 스님은 1988년 괴로움이 없고 자유로운 사람, 이웃과 세상에 보탬이 되는 보살의 삶을 서원으로 해 '정토회'를 설립했다.

백일출가를 하면, '외형상으로는' 익숙한 것들과 완전히 차단된다. 외부와 전화나 편지를 주고받을 수 없다. 신문, 잡지, 책을 볼 수 없고, 인터넷도 접근할 수 없다. 자고 일어나고 먹는 것도 다 수련원에서 정한 규율에 따라야 한다. 대화하는 방법도 그렇다. 행자들끼리 나이 차가 아무리 많이 나도 항상 존댓말을 썼다.

첫날 저녁에는 법륜스님의 입재법문을 동영상으로 보았다. 이 법문은 선배 행자들에게 해준 것이다. 우린 8기였다. "가출家出이 아니라 출가出家한 마음으로 행자 생활을 해야 한다"는 말씀이 백일출가를 마치고도 한참 지난 지금까지 절절하게 남아 있다.

집은 나를 보호해주는 안온한 공간이기 때문에 집을 짓고 살아갑니다. 가족에게 의지하고, 친구를 사귀고, 결혼을 하는 것도 집에 속합니다. 고향, 일가친척, 가족, 재산, 지식, 문화 또한 집에 속합니다. 그러나 집은 온갖 속박이 될 때가 있습니다. 아내와 남편, 재산, 윤리, 문화가 굉장한 속박입니다. 그래서 사람들은 집을 떠나 새로운 세계, 새로운 사람, 새로운 문화를 찾아 나섭니다. 그러나 집을 떠나 세월이 흐르면 가족이 그립고, 친구가 그리워 또 다른 집을 찾게 됩니다. 얼마 살면 이것이 또 감옥이 되고 탈출하는 사람이 생깁니다. 이것을 '가출' 이라고 합니다.

그런데 '출가' 는 지금 내가 의지하고 있는 이 집이 사실은 굴레임을 꿰뚫어 알고 그 집을 불살라버리는 것입니다. 출가자는 이 집이 속박임을 확연히 알아야 합니다. 출가를 해버리면 오직 도道 에만 전념하는데, 가출을 했기 때문에 집을 그리워하는 데 시간을 보냅니다. 그런 사람은 처음에 좋은 마음을 내고 나왔는데, 얼마 안 있어 '여기도 못 살겠다' '여기 있느니 집이 더 낫다' 이런 식으로 자꾸 돌아가게 됩니다. 이러니 여러분들이 생활을 하다가 그런 마음이 일어나더라도, '내가 지금 출가한 게 아니라 가출한 과거의 업식業識 이 올라오는구나' '새로운 길을 가고 싶어 해놓고 지금 며칠 됐다고 그것을 잊어버리고, 예전에 내가 떠나고 싶어 하던 것들을 도리어 그리워하고, 내가 바라던 이 생활을 싫어하는구나' 이렇게 정신을 차려야 합니다.

실제 우리 8기 가운데서도 '출가' 를 못하고 '가출' 한 마음으로 있다가 돌아간 사람이 여럿 되었다. 그런 사람들은 첫날부터 있었다. 첫날 오후 3시가 입방入房 시간이었는데, 이 시간을 지키지 못한

3명은 눈물을 머금은 채 다시 가방을 들고 돌아가야만 했다. 수행공동체의 계율은 엄격해야 한다. 그래야만 공동체가 청정해지기 때문이다. 첫날 돌아간 이들은 '출가'의 초발심初發心(수행자가 되기로 하면서 처음으로 내는 간절한 마음)이 부족했다.

법륜스님의 입재법문에 이어, 유수스님이 설법을 하셨다. 행자 생활의 5대 과제를 말씀하셨다. 정진, 학습, 나누기, 시간 지키기, 뭐든지 흔쾌히 하기. 다음 날부터 있을 만 배에 대해서도, "만 배가 쉽지 않다. 고통스럽고 힘들더라도 눈을 떠서 살아 있으면 절하라"고 말씀하셨다. 3일 동안 만 배를 하지 못하면 집에 돌아가야 한다. 모두들 긴장한 기색이 역력했다.

만 배가 시작되었다. 대중과 같이 밥 먹는 시간을 빼놓고는 각자 알아서 절을 하면 되었다. 절의 숫자를 헤아릴 수 있도록 알이 108개인 염주가 지급되었다. 이 염주를 100번 돌리면 만 배가 된다(정확히는 만 팔백 배). 만 배를 3일 안에 마치려면 하루에 3,300배 이상 해야 한다. 내가 그때까지 가장 많이 해본 것이 기껏해야 300배 정도였다. 입승 소임을 맡고 계신 무변심 법사님께서, 날이 갈수록 힘이 드니 첫날 절을 많이 해야 한다고 하셨다.

처음에는 한 번에 400배를 하고 수련장 부근을 산책하면서 쉬었다. 그다지 힘들지 않았으나, 그 페이스를 만 배가 끝날 때까지 유지하는 것이 결코 쉽지 않으리라는 불안이 구체적으로 솟았다. 두 번째 절부터는 300배, 그후 어느 순간부터는 200배를 하고 쉬는 방식으로 절을 했다. 무리하지 않고 천천히 정성을 기울여 절을 하였으나 갈수록 다리가 무거워졌다. 땀이 비 오듯 쏟아졌다.

1,500배쯤 되면서부터는 무릎 통증이 강하게 느껴지기 시작했다. 절을 하기 위해 무릎을 굽힐 때, 일어나기 위해 무릎을 펼 때, 절 한 번에 두 번씩 무릎의 통증을 '뼈저리게' 느껴야 했다. 절을 하면서 '관세음보살' 염불을 하였는데, 염불과 호흡을 조화시키는 것이 쉽지 않았다. '관세음보살'이 어느 순간에는 '반세음보살' '반사음보살' 등으로 소리 났다. 무릎 통증이 심해지면서 그것을 피하고 싶은 마음에 정신도 흩어지고 있었다. 정말로 만 배를 할 수 있을까 하는 불안이 강하게 엄습했다. 출가 전에 아내나 주변 사람들에게 백일출가에 대해 자랑스럽게 떠벌리고 왔는데, 만 배를 다 못하고 3일도 안 되어 집으로 돌아가는 건 아닌가 하는 걱정이 무겁게 마음을 짓눌렀다.

같이 절하는 도반들도 힘들어하기는 마찬가지였다. 만 배 기간 동안에는 말을 하지 않아야 하는데도 서로 힘들다고 이야기를 하고, 수련장 바닥에 드러누워 자기도 했다. 무릎 통증을 이기지 못하고, 앉고 일어설 때 손으로 바닥을 짚는 도반들도 있었다. 나도 그러고 싶었으나 참았다. 순결한 만 배를 하고 싶었다.

수련원 맞은편에 있는 희양산 쪽으로 펼쳐진 저녁노을이 무척 아름다웠다. 첫날에는 3,500배를 하였다. 무릎 통증이 상당하였다. 3,500배를 해냈다는 기쁨보다는 나머지 절을 다 할 수 있을까 하는 불안이 앞섰다. 하룻밤 자고 나면 나아지지 않을까 하고 간절히 기대하였다.

만 배 둘째 날. 전날 잠자리에 들기 전 고대했던 것과 달리 무릎 통증은 거의 나아지지 않았다. 오히려 허벅지와 종아리 등에 근육통이 더해져 상황은 더 나빴다. 갈수록 절이 힘들다고 하신 무변심 법사님의 말씀이 실감났다. 그렇게 생각하니, 둘째 날보다도 셋째 날 겪을 고통이 미리 공포로 다가왔다.

우리 행자들은 대오隊伍를 이루어 절을 하였다. 몇몇은 그 대오에서 빠져나와 자기가 편한 곳에 가 절을 하기도 하였다. 수련원에 와서까지 그렇게 요령을 피우는 것을 보면서 안타까운 마음이 들기도 하였다.

어느 순간부터 오른쪽 무릎 아래가 까졌다. 묵언중이라, '무릎이 까져 밴드가 필요하다' 라고 적은 종이를 수련원 스태프에게 보여주고, 밴드를 얻어 무릎에 붙였다. 그런데도 무릎의 까진 부위가 계속 넓어졌다. 언젠가부터는 사타구니까지 바지에 쓸려 살갗이 벗겨졌다.

그러나 무엇보다도 견디기 힘든 것은 무릎 통증이었다. 무릎이 까지고, 사타구니가 쓸린 곳의 아픔은 절을 하다보면 잊을 수 있는데, 무릎 통증은 절 한 배 할 때마다 두 번씩, 어김없이 그대로 모두 느껴야 했다. 통증이 무릎 여기저기로 옮겨 다녔다. 발가락도 아파오기 시작했다. 내가 정말로 만 배를 해낼 수 있을까. 아직 다가오지 않은 셋째 날이 무척 두려웠다.

밤이 되니 여치들이 날아들어 절을 하는 머리 바로 앞까지 기어왔다. 여치를 눈앞에 두고 '관세음보살' 염불을 하며 절을 하니, 마치 여치들이 관세음보살이라도 되는 것 같았다. 하기는, 일체가 다 부처라는데 여치가 어찌 관세음보살이 아니겠는가. 눈앞에 있는 여치에게 무릎 통증을 덜어달라고 사정했다. 어머니와 아내, 아이들을 눈시울까지 붉히며 애절하게 떠올려, 그 애절함으로 고통을 잊고자 하였으나, 무섭게 반복되는 무릎 통증은 그대로 다 감수해야 했다.

다른 사람들의 절하는 자세가 많이 흐트러졌다. 앉고 일어설 때 양손으로 바닥을 짚는 사람, 아예 합장을 하지 않는 사람, 남자 중 한 명은 마지막까지 자세를 지키려고 하는 것 같았는데, 왠지 그에게 지기 싫었다. 나도 손으로 바닥을 짚고 싶었지만 이를 악물고 참았다. 전에도 종종 들었고, 백일출가 막바지 회향수련에서도 도반들에게서 들은 말이지만, 내가 승부욕이 강하다는 것이 맞는 것 같기도 하다. 그 남자가 자세를 푼 다음, 얼마 지나지 않아 나도 자세를 풀었다. 앉고 일어설 때 양손으로 바닥을 짚었다. 그때까지 한 절의 숫자가 6,300배다. 그때부터 절이 편해지기보다는, 자세를 끝까지 지키지 못했다는 패배감이 더 컸다. 둘째 날까지 모두 6,500배를 하였다.

만 배 셋째 날. 운동을 계속하면 근육에 탄력이 생겨 나중에는 힘이 덜 든다. 그러나 그것도 정도가 있다. 만 배는 운동이 아니다. 고행이다. 몸이 정상적으로 버틸 수 있는 운동 범위를 훨씬 뛰어넘는다. 그래서 수천 배를 넘게 되면, 반복으로 인한 탄력보다는 마찰과 마모로 인한 고통만 늘어난다. 가끔씩 고행을 이겨낸다는 것에서 정신적 충만감이 생기기도 하지만 그것은 아주 잠깐일 뿐이다. 어김없이, 파도처럼 밀려드는 무릎 통증 앞에서 그것은 금방 사라졌다.

절을 할 때, 손으로 바닥을 짚고 앉고 일어서기는 하였지만, 200배를 하고 15분 정도 쉬는 패턴은 계속 유지했다. 가을날이 좋았다. 쉬는 시간에 천천히 걸으면서 희양산을 바라보며 맑은 공기를 들이마시는 맛이 좋았다. 힘들기는 해도, 시간은 가고 절의 수는 늘어갔다.

나보다 더 힘들어 하는 도반들이 많았다. 나보다 훨씬 더 많이 쉬는 것 같았다. 그렇게 해서 어떻게 만 배를 채우나 하는 생각이 들었다. 나중에 알게 된 것이지만, 그들 상당수는 나보다 절 속도가 빨랐다. 절하는 것에 들이는 정성의 정도가 다르다고 볼 수도 있었다. 난 간절한 마음으로 절을 했다. 정말로 깨달음을 얻어 일체 중생을 구제하는 관세음보살이 되고, 부처가 되는 것을 생각했다. 그런 생각을 하면 절이 더 간절해졌다. 아내와 아이들이 떠올랐다. '그들을 집에 두고 내가 왜 이곳에 와 있나' 하는 생각이 들면서 절이 더 간절해질 수밖에 없었다.

만(10,000)이라는 숫자가 우리가 흔히 쓰는 만 원짜리 돈을 생각하면 쉽게 느껴지지만, 일(1)부터 하나하나 차곡차곡, 그것도 하나마다 두 번씩 고통을 느끼며 쌓아가야 한다면, 그것은 엄청난 숫자다. 밤 11시에 만 배를 마쳤다. 마지막 100배는 더욱더 정성을 기울였는데, 자꾸만 울음이 나오려고 하여 관세음보살 염불을 제대로 할 수가 없었다.

난 만 배에서 무엇을 얻었는가? 아니 무엇을 얻으려고 하였는가?

전에 마라톤 풀코스를 뛰기 전, 처음에는 4시간 가까이 달리면서 나 자신을 돌아보고 새로운 삶으로 가는 '결정적인' 힘을 얻고자 하는 마음이 강했다. 마라톤을 무슨 만병통치약이라도 되는 양 생각했던 것이다. 그러나 실제 달리다 보면, 자신을 돌아보거나 앞으로의 삶을 설계할 여유는 도무지 없다. 오로지 가쁜 호흡과 다리의 통증,

완주를 해낼까 하는 불안만이 있을 뿐이다. 그래도 막상 완주하고 나면 기쁨이 있고, 그 뿌듯함이 며칠은 간다. 그러나 기대했던 것처럼 기존의 삶이 '확' 바뀌는 것은 결코 아니었다. 그렇게 속고도 두 번째 풀코스에 나가면서 또 삶의 획기적인 변화를 기대하였지만, 결과는 첫 번째와 크게 다르지 않았다.

만 배는 마라톤과 같지 않을까? 40여 년을 쌓아온 두텁디 두터운 업이 고작 '3일간의 만 배'로 사라지겠는가? 솔직히 만 배를 시작할 때 그런 기대가 없지 않았다. 마라톤은 4시간이지만, 만 배는 3일 내내 한다. 그러면 만 배는 마라톤과는 다른 뭔가 새로운 결과를 가져다줄 것이라는 바람이 있었다. 그러나 만 배는, 시간적 차이가 있을 뿐, 마라톤과 똑같았다. 순간순간의 육체적 고통, 다 해낼 수 있을까 하는 불안이 계속 나를 지배했다. 만 배를 다 마쳤을 때 기쁨도 있었지만, 솔직히 관세음보살이나 부처가 되지 못한 것에 대한 아쉬움도 조금 있기는 하였다.

만 배는 내게 순간순간에 충실하라고 가르쳤다. 지금 무릎에 겪고 있는 통증이 나의 현실이다. 이것은 가족들을 떠올리며 당치 않은 감상으로 무마하거나, 눈앞에 다가온 여치에게 터무니없이 사정해서 벗어날 수 있는 성질의 것이 아니다. 관세음보살이 되거나 부처가 된다는 생각을 해서 없어지는 것도 아니다. 또 지금 불안하다고 해서 만 배를 다 해내지 못하는 것도 아니다. 그저 그 통증과 불안을 있는 그대로 느끼고 그것에 대응하는 것만이 만 배를 하면서 내가 해야 할 일이었다. 어찌 보면, 이렇게 만 배의 의의를 찾아내려고 하는 것이 구차스럽기도 하다.

　다음 날 만 배를 정리하는 자리에서 행자반장은 "만 배는 그냥 만 배일 뿐"이라고 하였다. 끝내 만 배를 다 채우지 못한 도반 몇 명은 수련원을 떠났다. 행자반장은 그에 대해서도, "좋다 나쁘다 말할 수 없다. 그것이 그들에게는 최선의 선택이다"라고 했다. 만 배는 만 배일 뿐이고, 백일출가도 백일출가일 뿐이다. 지금 이 글을 쓰는 것도 그저 글을 쓰는 것일 뿐이다. 그것들에 의미를 부여하려고 하면, 금방 도에서 벗어난다. 만 배는 끝났지만, 백일출가 내내 절은 '지겹도록' 계속되었다. 하루에 500배씩……

난 만 배에서 무엇을 얻었는가?
아니 무엇을 얻으려고 하였는가?

만 배는 내게
순간순간에 충실하라고
가르쳤다

예,
하고 합니다

군대에서는 고참이 무언가를 시키면, 그것이 비록 불합리하더라도 거의 무조건적으로 해야 한다. 고참의 명령을 거역하거나 그것의 부당함을 따질 생각은 쉽게 하지 못한다. 평소 군대 내의 구타나 기합 같은 분위기에 주눅이 들어 있기 때문이다.

백일출가 행자들도 군대에서와 마찬가지로 절에서 정한 계율이나 스님, 행자반장이 시키는 일에 무조건 따라야 한다. 군대에서의 복종이 억압적인 분위기에 어쩔 수 없는 것이라면, 백일출가 행자들의 복종은 깨달음을 얻기 위해 스스로 선택한 것이다. 깨달음은 '내가 옳다'는 생각을 내려놓는 데서부터 시작된다. '내가 옳다'는 생각을 철저히 깨부수지 않고서는 깨달음은 결코 오지 않는다. 무조건적인 복종이나 매일 하는 500배 같은 것이 다 나를 내려놓는 공부다. 그래서 백일출가 행자들의 명심문銘心文은 "예, 하고 합니다"였다.

정토수련원의 하루는 기상 시간인 새벽 4시에 시작된다. 이불을 정리하고 법복을 갖춰 입은 다음, 예불을 위해 대수련장으로 간다. 새벽의 산속 공기는 굉장히 신선하다. 맑은 날이면 하늘에 별이 빼곡하다. 대수련장으로 걸어가는 사이에, 남아 있던 잠은 다 사라진다.

수련원에는 우리 행자들이 40여 명이고, 상주대중(스님, 법사님, 실무자 등 절에 상주하는 사람들)이 20여 명 된다. 새벽예불에는 절에 있는 사람들 모두가 참여한다. 다른 불교단체와 달리, 정토회의 예불에 특색이 있는 것은, 천일결사 수행이다. 정토회에서는 1993년 철저한 수행과 사회참여를 통해 살기 좋은 세상 정토淨土를 만들겠다는 염원을 품고 만일결사를 시작한 이래, 지난 2010년 12월 19일 제6차 천일결사를 회향했다. 천일결사의 기본은 수행, 보시, 봉사다.

천일결사 수행 중에 수행문과 참회문을 낭독하는 것이 있다. 행자생활 초기에는 같은 내용의 수행문과 참회문을 매일 낭독하는 것이 언뜻 이해가 되지 않았으나, 어느 순간부터는 그것이 불교수행의 핵심임을 알게 되었다. 좀 길더라도 여기에 인용해본다.

모든 괴로움과 얽매임은 잘 살펴보면 다 내 마음이 일으킨다. 그러나 어리석은 사람들은 이 괴로움과 얽매임이 밖으로부터 오는 줄 착각하고, 이 종교 저 종교, 이 절 저 절, 이 사람 저 사람을 찾아다니며, 행복과 자유를 구하지만 끝내 얻지 못한다. 그것은 안심입명安心立命의 도는 밖으로 찾아서는 결코 얻을 수 없기 때문이다. 언제 어디에서 일어

새벽예불을 마치면, 맡은 소임에 따라 새벽일을 한다. 전통적으로 절 소임 가운데 가장 힘들다고 여겨지는 것이 공양간과 해우소 일이다. 그런데도 공부를 제대로 하고자 하는 사람은 이 일을 하려고 하고, 공부가 필요한 사람에게 이 일을 시키기도 한다. 힘들고 어려운 만큼 공부의 기회가 많아지기 때문이다. 이는 세간世間이나 출세간出世間이나 마찬가지다.

공양간 일은 조를 나누어, 일정한 기간씩 돌아가면서 했다. 공양간에서는 정해진 시간 안에 준비를 마쳐야 하기 때문에 항상 시간에 쫓긴다. 혹시 밥이 잘 안되면 어떡하나, 반찬이 짜지는 않을까 하는 조바심 때문에 스트레스를 많이 받는다. 또 같이 일하는 도반들에 대해서도 '왜 저렇게밖에 못하나' 하는 분별심이 수시로 일어난다.

우리 조에서도 함께 공양준비를 하다가, 한 도반이 다른 도반의 일에 참견한 것이 시비가 되어 서로 고성을 주고받으며 말싸움을 하기도 했다. 나도 공양간에서 일할 때면 이런 스트레스나 분별심이 계속 일어났다. 같이 일하는 도반이 미워지고, 그에게 화가 나는 것은 다반사였다. 그럴 때 하는 공부는 그 분별심을 있는 그대로 바라보는 것이다. '또 내 욕심 때문에, 내 기준을 갖고 옳다 그르다 시비하는 마음을 내는구나' 하고.

해우소 일은 평소 매일 청소하는 소임이 따로 있고, 똥이 가득 차면 이것을 치우는 소임을 따로 정했다. 이 소임을 정할 때는 먼저 지원을 받는데, 대개는 바로 필요한 숫자를 채우지 못한다. 그래서 서로 눈치를 보면서 뜸을 들이다가 정원을 채우곤 했다. 더러움을 싫어하는 것은 본능일까? 부처님 가르침에 깨끗하고 더러움이 따로 있는 것은 아니라고 했는데.

수련원의 해우소 똥은 역겨운 냄새가 나지 않는다. 육식을 하지 않을뿐더러 오줌을 똥과 분리하여 모으고, 똥을 눈 다음 그 위에 톱밥이나 풀 같은 것을 덮어 그 상태에서 발효시키기 때문이다. 똥통에 똥이 다 차면 이것을 퇴비장으로 옮겨 1년 이상 숙성시킨 다음 퇴비로 사용한다. 이상적인 순환의 과정이다. 여러 사람이 힘을 모아 똥을 한 번 치우고 나면 기분이 무척 좋았다. 힘든 일을 했다는 기쁨과 함께 그것이 자연의 순리에 따르는 것이기 때문일 것이다.

새벽소임을 마치고, 6시부터 발우공양이 시작된다. 절도 있게 진행되는 발우공양에서 불가佛家의 맑고 깨끗함을 여실히 볼 수 있다. 60명이 넘는 대중들이 수련장에 직사각형으로 둘러앉는다. 사람들의 줄뿐만 아니라 그 앞에 놓인 발우(절에서 쓰는 밥그릇)의 줄도 반듯하다. 앉는 데도 서열이 있다. 스님, 법사님, 상근 실무자, 손님의 순으로 앉고, 그 다음에 행자들이 나이순으로 앉는다. 배식할 밥, 국, 물주전자, 반찬상 들도 정해진 규칙에 따라 줄을 맞춰 놓여 있다.

사무국장이 죽비를 치면 회발게回鉢偈를 외운다. 이 게송은 부처님이 태어나고, 도를 이루고, 설법을 하고, 열반에 드신 것을 떠올리는 것이다. 한 끼의 밥도 그냥 먹지 말고, 부처님을 생각하며 도를 이루고자 하는 간절한 마음으로 먹으라는 의미다. 이렇게 되면 한 끼의 식사도 엄청난 공부다.

다시 죽비를 치면 전발게展鉢偈를 외우며 발우를 편다. 내가 이 발우를 펴니 일체 중생이 다 성불하게 해달라는 의미다. 계속하여 배식을 하면서도 게송을 외운다. 게송을 외우는 동안 배식을 다 마쳐야 하기 때문에 조금은 긴장이 된다.

배식을 다 마친 다음에는, 밥그릇을 들고 부처님, 성인聖人, 일체 중생들에게 공양을 올린다는 내용의 봉반게奉飯偈를 외운다. 이어서 오관게五觀偈 등 몇 개의 게송을 더 암송한 후에야 밥을 먹는다. 숟가락은 상석에서부터 차례로 집어 드는데, 마치 도미노 현상처럼 이루어지는 그 모습이 참 볼만하다. 이렇게 밥 먹기 전에 게송을 외우면서 의식을 치르는 데 10분 가까이 걸린다. 당연히 밥을 먹는 몸과 마음이 경건하고 조심스러울 수밖에 없다.

밥을 다 먹고 김치조각 같은 것으로 발우를 깨끗이 씻어 정리한 다음, 대중공사를 시작한다. 먼저, 계율을 어긴 사람들이 자리에서 일어나 3배를 하고, 서열에 따라 자신의 잘못을 대중 앞에 드러내고 참회한다. 많이 나오는 내용은, 때 아닌 때에 먹고 잔 것, 도반에 대해 미워하거나 시기하는 마음을 낸 것, 취침시간을 지키지 않은 것, 수업이나 법회시간에 졸은 것 등이다.

이 가운데서 '때 아닌 때에 먹지 마라'는 계율을 지키는 것은 참으로 어렵다. 공양간에서 음식을 준비할 때도 맛을 보기 위한 것을 제외하고는 음식을 입에 가져가서는 안 된다. 그러나 그것이 어디 쉬운가. 행자들은 항상 배가 고프다. 특히 외부와 완전히 차단된 상태에서 엄격한 규율 속에 지내기 때문에 스트레스를 많이 받는다. 이것을 먹는 것으로 푸는 경향이 있다. 그래서 공양간에서는 서로 맛을 보겠다고 달려든다.

감을 따거나 고구마를 캘 때, 행자들은 '계율이 뭐 대단한 것이라고' 또는 '이번 한 번만 어기는 것인데'라고 나름대로 합리화하면서 먹을 것을 입에 가져간다. 행사 때문에 바깥에 나가게 되면 먹는 것이 금지된 커피를 탐닉하고, 때로는 술에 입을 대는 행자도 있다. 나도 수없이 다짐하였지만 먹는 것의 유혹을 완전히 뿌리치지 못해 발우공양 시간에 여러 번 참회를 하여야 했다.

참회를 마친 후 공지사항을 알리고 토의할 것이 있으면 토의를 하고 마지막으로 해탈하겠다는 마음으로 해탈주解脫呪를 염송하는 것으로 발우공양을 모두 마친다. 발우공양을 마치고 수련장을 나올 때면 언제나 몸과 마음이 가벼웠다. 음식이 내 앞에 이르기까지 수고하신 이들의 공덕을 생각하고, 성불하겠다는 간절한 마음으로 밥을 먹고, 참회로 허물까지 다 소멸하였으니, 어찌 몸과 마음이 청정하지 않겠는가. 그 청정함으로 수련원의 하루는 본격적으로 시작된다.

오전에는 2시간 학습을 하고 400배 정진을 한다. 학습시간에는 부처님의 일생, 불교사상, 불교의 변천사 같은 것을 배운다. 오후에는 일 수행을 한다. 공양간 청소, 똥 치우기, 밭 정리, 풀베기, 땔감 만들기, 계단 만들기 등 할 일은 많았다. 처음 하는 일이라도 시키면 무조건 해야 했다. 여자라고 크게 봐주는 것도 없다. 해본 일만 해서는 배우는 것이 없다. 처음으로 해보는 일이라면, 걱정도 하고 연구도 하면서 여러 가지 경계에 부딪치게 되기 때문에 그만큼 공부의 좋은 기회가 된다.

처음에는 행자들 대부분이 초발심 때문인지 일 수행에 열심이었다. 그러나 시간이 어느 정도 지나면서 불평불만을 갖는 행자들이 생겨났다. 그들은 '절에서 불교 공부를 하려면, 명상 같은 것을 가르쳐야지, 이런 일은 왜 시키는가' '이게 무슨 공부가 되겠는가' 라며 못마땅해했다. 그렇다고 그들이 학습이나 나누기 시간에 열심이었던 것은 아니다.

시간이 갈수록 그들의 불평불만은 늘어갔다. 그들은 나이가 많은 축이었는데, 그것을 볼 때마다 '백일출가는 왜 오셨나요?' 라는 말을 해주고 싶었다. 법륜 스님의 말씀대로, 이들은 '출가' 한다고 왔으면서도 출가는 못 하고, 그전의 생활을 그리워하며 '가출' 을 하고 있었던 것이다. 이들은 그렇게 불평불만 속에 시간을 보내다가 더는 견디지 못하고 스스로 수련원을 떠났다. 떠나는 그들을 보면서, 수련원에서 왜 명심문을 "예, 하고 합니다" 라고 했는지 알 수 있었다.

저녁예불을 마치고 잠자리에 들기 전까지 나누기 시간을 가졌다. 한 방에 30여 명의 행자들이 둥그렇게 둘러앉아 자신의 느낌이

나 생각 등 떠오르는 것을 다른 사람들 앞에 솔직하게 드러내놓는 시간이다. 사람들은 나 혼자만의 생각과 느낌에 빠져, 그것이 대단한 것인 줄 알고 괴로워하고 힘들어 한다. 그러나 실제로 남들 앞에 드러내놓으면, 자기가 생각한 만큼 그렇게 심각하지 않은 경우가 대부분이다. 우리는 나누기를 통해 이것을 배우고자 했다. 나누기는 저녁 시간 말고도, 일을 시작하거나 마칠 때에도 짧게나마 언제나 하였다.

그런데 자신을 남들 앞에 그대로 드러내는 것이 쉽지는 않다. 나누기에 적극적으로 나서는 행자가 있는가 하면, 간단히 한마디로 넘어가거나 아예 말도 하지 않으려고 하는 행자도 있다. 또 자신의 공부를 위해 진지하고 절실하게 나누기를 하는 행자가 있는 반면, 자신을 온전히 드러내지 못하고 주절주절, 이 이야기 저 이야기 늘어놓으며 시간을 때우는 행자도 있다. 시간이 지나면서 공부에 우열이 정해지는 것이 보였다.

백일출가가 반을 넘어섰을 무렵, '나눔의 장'이라는 프로그램에 참가했다. 이때는 4박 5일간 하루 종일 나누기만 하였다. 방 안에 앉아 나누기만 하는 것이 여간 고역이 아니었다. 별로 내놓을 게 없는 것 같은데, 계속 무언가를 내놓아야 한다는 것이 무척 힘들었다. 그래도 자꾸 나를 돌아보면서 내놓을 것을 찾았다. 내 딴에는 꺼내기 쉽지 않은, 참으로 부끄럽다고 생각되는 이야기도 처음으로 내놓았다. 다른 행자들도 어떤 이는 눈물을 쏟으면서 아픈 과거를 토해냈다. 내놓으면 무거웠던 것이 가벼워진다. 그 자리에서 나눈 이야기들은 밖으로 발설해서는 안 되는 우리들만의 비밀이다.

그런데 끝내 자신을 드러내지 못하는 행자도 있었다. 나누기를 안내하는 법사님이, 힘들어 하는 이 행자를 몇 번 포옹까지 하며 격려했으나, 그녀는 끝내 내놓지 못했다. 마음속 무거움이 그대로 남았을 것이다. 이 행자는 백일출가를 마치고 동기 모임을 하는데도 연락이 되지 않았다.

불교의 근본은 나를 내려놓는 것이다. 내가 '잘났다' '옳다' 는 마음에서 괴로움이 생긴다. 세상을 있는 그대로 다 볼 수는 없다. 내가 바라보는 세상은 나의 경험, 생각 등 주관에 의해 편집된 것이다. 보는 사람에 따라 세상은 다르게 보일 수밖에 없다. 이처럼 실상을 다 그대로 볼 수 없음을 아는 것, 인식에 한계가 있을 수밖에 없음을 아는 것, 이것이 진리다.

그런 이유로, 금강경 등 모든 불경은 '여시아문如是我聞'으로 시작한다. '부처님이 이렇게 말씀하셨다' 가 아니라 '내가 이와 같이 들었다' 고 말하는 것이다. 불교 경전은 다 부처님이 열반에 드신 후 제자들이 엮은 것이기에 타당한 것이리라. 앞의 것이 절대적이라면, 뒤의 것은 상대적이다. 불경의 시작 단계부터 전달의 한계를 분명하게 보여주는 것이다. 그렇다면 내가 '옳다' '잘났다' 는 마음은 얼마나 무모한 것인가. 이 마음을 내려놓지 않으면, 괴로움은 다할 날이 없다. 이것이 내가 백일출가에서 배운 핵심이다.

그저 "예" 하고 할 뿐이다. 방긋 웃으면서.

자신을 남들 앞에
그대로 드러내는 것이
쉽지는 않다

새벽 6시
발우공양을 준비하는 모습

아내와 함께한 백일출가

출가한 지 보름 정도 지나 추석이 되었다. 대중이 모두 대수련장에 모여 불교의식에 따라 차례를 지냈다. 명절이다보니 가족들 생각이 간절했다. 초등학교 5학년인 해빈과 3학년인 선재의 얼굴이 고물고물 떠올랐다. 아내 혼자 아이들 키우는 것이 만만치 않을 것이다. 이렇게 가족들과 떨어져 있기는 처음이다. 백일출가 직전 변산공동체에 가 3주간 떨어져 있었지만 그때는 하루에 한두 번 전화 통화는 하였다. 그러나 수련원에서는 전혀 가족의 소식을 알 수 없었다.

부처님 공부가 무엇이기에, 이렇게까지 해야 하는 것일까? 이렇게 하면 깨달음은 정말로 다가오는 것일까? 헛된 수고는 아닐까? 이런 생각들이 계속 떠올랐다. 그렇다고 집에 돌아갈 수는 없는 일이었다. 깨달음의 불확실성보다는 그만두었을 때의 패배감이 훨씬 더 크게 느껴졌기 때문이다. 가족들을 생각하면 공부를 게을리할 수 없었다. 어느 날 아침 기도가 충만하게 느껴지면서, 아내가 "당신이 출가한 동안 나도 매일 아침 300배를 하겠다"고 말한 것이 떠올랐다.

정토회는 내가 먼저 알았지만, 정토법당에 꾸준히 다니기 시작한 것은 아내가 먼저다. 아내는 나와 결혼할 때만 해도 불교에 관심이 없었다. 절에 가면 나와 해빈이만 법당에 들어가 참배를 하고, 아내는 밖에서 겉돌았다. 나를 내려놓는 것을 어색해했다. 그러나 시간이 흐르면서 아내도 조금씩 불교에 가까워졌고, 정토수련원에서 진행하는 '깨달음의 장' 수련에도 다녀왔다. 그 이후 정토법당에 꾸준히 다니면서 천일결사 입재도 하고, 서울 강남구 수서동의 우리 집에서 열린법회도 운영하였다. 열린법회는 법당에 가지 않는 날, 같은 지역에 사는 도반들이 정기적으로 모여 동영상으로 법륜스님의 설법을 듣고 나누기를 하는 것이다. 아내는 열린법회를 잘 운영했다는 이유로 정토회에서 표창을 받기도 하였다.

추석이 일주일 정도 지나, '통일축전'을 위해 서울에 가게 되었다. 출가 후 첫 외출이었다. 통일축전에서는 전국에 흩어져 있는 새터민(탈북자)들이 한데 모여 북녘에 두고 온 조상과 가족들을 생각하며 차례를 지내고, 운동회와 노래자랑을 한다. 정토회에서는 매년 가을 통일축전을 연다. 행자들은 행사를 준비하고 진행하는 것을 돕는다.

나로서는 첫 외출인 데다 낯선 새터민 행사에 참여한다는 설렘도 있었지만, 무엇보다 나를 설레게 한 것은 가족들과의 만남이었다.

아내와 연락을 한 것은 아니지만, 아내는 지난해에도 통일축전에 다녀왔고 이번에도 서울법당에 다니면서 행자들이 축전을 위해 서울로 올라온다는 것을 전해 들었을 것이기에 틀림없이 축전에 오리라 생각했다. 출가한 사람이 가족과 만나는 것을 그리워하는 것이 공부에 방해가 되지 않을까 하는 걱정도 들었지만, 자연스럽게 다가오는 만남을 일부러 피하려고 하는 것도 바른 공부는 아니라고 스스로를 합리화하였다.

예상대로, 아내는 아이들을 데리고 왔다. 헤어진 지 20여 일밖에 되지 않았지만 무척 반가웠다. 그새 아이들이 부쩍 큰 느낌이었다. 선재는 온종일 나를 졸졸졸 따라다녔다. 오랜만에 만나긴 했어도 난 행자로서 해야 할 일들이 있었기 때문에 가족과 같이 있을 시간이 별로 없었다. 아내 손도 한 번 제대로 잡아보지 못했다. 시간적인 여유가 없는 탓도 있었지만, 출가자의 조심스런 마음이 아내의 손이라도 함부로 잡기를 주저하게 했다. 가족들은 먼저 운동장을 떠났다. 우린 뒷정리를 하고 다시 문경 수련원으로 돌아왔다. 남은 80여 일이 길게만 느껴졌다.

우리 행자들은 언론에 접근할 수 없어 바깥세상을 전혀 알 수 없었다. 어느 날 여는 모임(하루 일과를 시작하기 전 아침에 만나 하루 일정을 논의하는 모임)에서 행자반장이 바깥에서 신종플루가 크게 유행하고 있다고 했다. 40여 명이 사망하고 나라에서는 국가재난을 선포할 예정이라고도 했다. 그러면서 감기에 걸리지 않도록 유의할 것을 당부했다. 행자들의 건강도 문제지만 수련원 내에 신종플루가 전염되는 것을 막기 위한 것이기도 했다. 실제로 감기에 걸린 행자들은 다

나을 때까지 다른 행자들과 격리되어 생활했다. 가족들이 무척 걱정되었다.

가족들과 두 번째로 만난 것은 출가 후 50일 정도 지난 백일기도 입재식 때였다. 정토회에서는 1993년부터 만일결사를 시작한 이래 (크게 1,000일을 단위로 나누어 수행을 하기 때문에 천일결사라고 하는데, 2010년 6차 천일결사를 회향했다), 백일마다 모여 그간의 수행을 점검 · 참회하고 다음 백일간 열심히 수행할 것을 다짐한다. 아내는 오래전부터 이 결사에 참여해오고 있다.

이날 만난 아내는 위염이 걸렸다고 했다. 병원에 가 내시경까지 찍었다고 했다. 나를 선뜻 백일출가 보냈지만, 결혼 후 처음으로 혼자서 아이 둘을 키우는 것이 상당한 스트레스로 작용했을 것이다. 아이들은 신종플루에 대비한다며 마스크를 하고 있었다. 해빈이는 수학 100점을 맞았다고 자랑이고, 선재는 바둑학원에서 초록띠를 땄다며 자랑이었다. 가족을 만난 것은 반가웠지만, 아내가 위염에 걸린 것이 계속 뇌리에 남았다. 난 이날 다른 행자들과 함께 천일결사에 들어갔다.

초겨울에 접어들고 백일출가가 60일 정도 지났을 때, 입술에 물집이 생겼다가 터졌다. 다른 행자들 일부도 그랬다. 행자반장은 그때가 가장 힘든 시기라고 했다. 입술 물집 자리가 가라앉고 딱지가 생길 무렵, 정토불교대학에 다니던 아내가 특강수련을 위해 수련원에 왔다.

잠시 쉬는 시간을 이용해 아내와 산책을 했다. 아내의 위염은 여전했고 지친 모습이 조금 엿보였다. 그래도 힘든 내색은 하지 않았다. 아이들도 잘 있다고 하며, 12월 중에 청주로 이사를 한다고 했다. 아내는 내가 수련원에 와 있는 이유, 그 상황에서 자신이 해야 할 일을 분명히 알고 있었다. 그런 아내가 참으로 대견스럽고 고마웠다. 한 번 안아주고 싶었지만, 손을 꼭 잡아주는 것으로 대신했다. 아내는 내가 백일출가 하는 동안 매일 300배를 하겠다던 다짐을 지키고 있었다. 그렇게 매일 나 없는 집에서 간절하게 정진을 하는 아내의 마음은 어떠했을까? 아내는 '집 안'에서 백일출가를 하고 있었다.

백일출가를 마치고 집으로 돌아온 후 아내와 나는 새벽 5시에 일어나 함께 기도를 한다. 수행문과 참회문을 암송하고, 108배를 한다. 20여 분 명상을 한 후, '괴로움이 없는 대자유인成佛이 되어, 살기 좋은 세상 정토淨土를 만들겠다'는 정토행자의 서원을 하고, '장애 속에서 해탈을 이루겠다'는 보왕삼매론을 외운다. 나는 과음을 한 다음 날 빠지는 경우가 있지만, 아내는 거의 빠지지 않는다.

나의 백일출가는 아내와 나, 모두에게 대단히 유익한 경험이었다. 서로를 사무치게 그리워하면서도, 각자 수행에 충실할 수 있는 좋은 기회였다. 그 사무침과 수행의 힘으로 우린 더 나은 도반이 되었다. 우린 서로 사랑을 주고받는 것에서 나아가 '도道'에 대해서도 거리낌 없이 이야기할 수 있는 사이가 되었다. 그동안 익숙했던 것에서 나아가 새로운 관계를 만들게 된 것이다.

백일출가를 마친 두 달 후
수행을 점검하는 모임

내 마음의
목탁소리

지난주 월요일 저녁 청주지방법원에서 열린 '시민과 함께하는 음악회'에 다녀왔다. 충북 영동에서 활동하는 '난계 국악단'이 공연을 했는데 마침 휴가중이라 가족과 함께 관람했다. 해금, 거문고, 가야금, 대금, 태평소, 꽹과리, 장구, 징 등 온갖 국악기가 조화를 이루어 내는 소리에 다들 신명이 났다. 특히 우리 가족에겐, 영국의 전설적인 그룹 비틀스의 〈렛 잇 비Let It Be〉를 편곡해 연주한 음악이 이날 공연의 하이라이트였다. 우린 영국에 1년간 있으면서 비틀스의 노래가 담긴 CD를 듣고 또 들었다. 아이들이 CD에 담긴 노래를 거의 다 따라 부를 정도였다. 사정이 그러니, 국악기로 연주하는 〈렛 잇 비〉가 우리 가족에게는 얼마나 의미 있게 다가왔겠는가. 정말 흥겨운 시간이었다. 그런데 난 이날 단원들이 타악기를 두드리는 소리를 들으면서 목탁 치는 것을 떠올렸다.

목탁은 절에서 법회 같은 의식儀式을 할 때 쓰는 도구다. 목탁은 목어木魚에서 유래한다. 목어는 나무를 잉어 모양으로 깎고 그 안을 비게 파내어 만드는데 그 안쪽 양 벽을 두드려 소리를 낸다. 목탁은 긴 물고기 모양을 취하는 목어와 달리 동그란 공 모양이다. 앞부분의 긴 입과 입 양 옆의 둥근 두 눈으로 물고기임을 나타낸다. 목어나 목탁 모두, 물고기가 밤낮으로 눈을 감지 않는 것처럼 게으르지 말고 열심히 수행(공부)을 하라는 의미를 담고 있다.

법회에서 목탁을 치는 방법은 크게 세 가지다. 법회를 시작할 때 대중들은 반야심경(세상은 다 공空하고 모든 보살과 부처가 다 이 공한 것을 깨달아 고통에서 벗어났다는 내용)을 암송하는데, 이때에는 글자 하나에 한 번씩 물방울이 떨어지듯이 친다. 이것을 일자목탁이라고 한다.

법회를 마치기 전에는 중생을 구제하기 위해 이 세상에 몸을 나투신(불가에서 쓰는 말로, 나타내다의 뜻으로 쓰인다) 관세음보살님을 생각하면서 '관세음보살' '관세음보살'을 반복하여 소리 내는 정근精勤을 하는데, 이때 목탁은 한 번은 세게 한 번은 약하게 친다.

절을 할 때에는, 바닥에 떨어진 탁구공이 처음에는 큰 소리를 내다가 점차 주기가 짧아지면서 소리가 작아지는 것처럼 내림목탁을 친다. 그런데 이 목탁을 치는 것이 쉽지 않다. 이것도 일종의 악기다. 음감音感이 필요한 것이다.

난 지난 2월부터 매주 화요일 저녁마다 정토불교대학에 다니고 있다. 대학에서는 '실천적 불교사상' '부처님의 일생' '근본불교' '불교변천사'에 대해 법륜스님의 강의를 동영상으로 듣고, 도반들끼리 나누기를 한다. 이 법회에서 내가 집전執典을 맡아 목탁을 치고 있다. 집전은 법회의 격식을 대표하는 소임이기 때문에 매우 중요하다. 그래서 반드시 정해진 법복을 입어야 한다. 그런데 문제는 나의 음감이다.

난 전에 목탁을 배운 적이 없다. 불교대학을 시작하기 전 아내에게 잠깐 배운 것이 전부다. 자신이 없으면 연습이라도 열심히 해야 할 터인데, 괜히 바쁘다는 핑계로 거의 연습을 하지 않는다. 원래 음감도 없다. 음치다. 그러니 5개월이 지난 지금도 법회에서 목탁을 칠 때면 박자가 잘 맞지 않고 불안하다. 불교대학에 처음 들어온 도반들은 잘 모르지만, 야간법회 총책임자나 야간불교대학 담당자는 금방 안다. 지난주에 1학기 종강을 했는데, 야간법회를 총괄하는 보살님이 내게 "5개월 동안 목탁을 치고도 아직도 그 모양이야"라고 농담 반 진담 반의 말씀을 건넬 정도다. 그래도 내 딴에는 많이 늘었다고 생각한다. 절하면서 내림목탁을 할 때면 점차로 잦아드는 소리의 여운을 조금은 밀도 있게 느낄 수 있다. 스님의 법문, 도반들의 나누기, 변호사로서 상담할 때 상대방이 하는 이야기를 마음속으로 목탁을 치면서 듣는다. 그것이 잘될 때는 다른 사람의 말이 톡톡 튀는 목탁소리가 되어 내 마음속으로 흘러 들어온다.

사실 집전 소임은 변호사인 나로서는 적지 않은 부담이다. 불교대학 법회는 저녁 7시 30분에 정확히 시작된다. 집전은 그 전에 법복을 입고 반듯한 자세로 자리에 앉아 법회의 시작을 준비해야 한다. 법회는 집전이 목탁을 한 번 치는 것으로 시작한다. 집전은 법회 중간에 빠져나올 수도 없다. 법회의 끝도 집전의 내림목탁으로 끝나기 때문이다. 나로서는 법회 집전을 위해 화요일 저녁은 무조건 시간을 비워야 한다. 야간법회를 총괄하는 보살님이 처음 집전 소임을 제안했을 때 약간의 망설임은 있었지만 한번 제대로 공부를 해보자는 생각으로 흔쾌히 받아들였는데, 실제 부딪쳐보니 만만치 않았다. 전날 아무리 술을 많이 마셔 몸이 피곤하더라도 법회에 와야 한다. 그 어떤 일도 법회보다 중요하지 않다(혹시 재판이 저녁 늦게까지 진행되면 불가피하게 빠질 수밖에 없는데 다행히 아직까지 그런 일은 없었다).

지난 화요일 오후 5시부터 청주MBC에서 시청자위원회가 있었다. 위원회는 매달 한 번씩 열린다. 난 지난 4월 위원이 되었는데, 5월과 6월은 재판 때문에 참석하지 못했다. 이번에는 책임을 다하지 못하고 있다는 불안한 마음에서 의무감을 가지고 위원회에 참석했다. 위원회는 사장과 국장들이 모두 나오기 때문에 상당히 중요한 모임이다. 보통은 회의가 끝나고 회식을 한다. 이날도 회식이 예정되어 있었다. 회의가 끝나기 전 난 잠시 갈등이 생겼다. 그동안 두 번이나 빠졌으니 이번에는 회식자리에 가야 한다는 마음과 그래도 법회에 가야 한다는 마음이 싸우고 있었다. 한순간 전자 쪽으로 마음이 기울기도 했으나 끝내는 법회에 가는 것으로 마음을 정리했다. 다른 위원들이나 방송국 간부들에게는 죄송한 마음이 들었지만 어쩔 수 없었다. 그때까지 난 적어도 형식적으로는 '완벽한' 개근을 하고 있었다. 현재 동기 15명 가운데 나를 포함해 2명이 개근을 하고 있다.

전에 인천지검에서 근무할 때 '선도회'라는 참선모임에 잠시 나간 적이 있었다. 선도회는 화두참선을 한다. 서강대학교의 박영재 교수님이 2대 지도법사로 모임을 이끌고 계신다. 일주일에 한 번 모임을 갖는데 법사님과 일대일로 대면하여(입실入室이라고 함) 그동안 공부한 것을 내놓고 점검받는다. 난 인천에서 법무사를 하시는 법사님의 지도를 받았다. 입실시간은 굉장히 긴장되고 불안하다. 내놓을 것이 없을 때는 더욱 그렇다. 선도회에서는 그것이 중요한 공부라고 한다. 입실시간이 짧을 때는 1분도 걸리지 않는다. 선도회에서 들은 이야기가 있다. 광주에 사는 한 교수님은 매주 토요일마다 비행기를 타고 서울로 와 지도법사님으로부터 입실점검을 받았다고 한다. 경우에 따라서는 입실시간이 1분도 걸리지 않는데도 말이다. 깨달음을 얻기 위한 공부가 얼마나 치열해야 하는가를 잘 말해주는 일화다. 난 부끄럽게도 선도회에 몇 달 나가다가 그만두었다. 술이라는 마구니(마군魔軍, 수행자의 공부를 방해하는 것)를 극복하지 못했다. 내겐 매주 광주에서 서울로 다닌 교수님 같은 치열함이 없었다.

지금도 그런 치열함은 없어, 술을 마신 다음 날에는 새벽수행을 빼먹기 일쑤지만, 그래도 매주 화요일마다 법회에 나가 집전을 보는 것에서 조금이나마 위안을 얻고 있다. 어느 순간부터 내게 집전 소임을 준 보살님께 감사하는 마음을 갖게 되었다.

정토불교대학은 서울을 비롯하여 각 지방에 개설되어 있다. 법당이 아닌 일반 집에서 가정법회를 통해 불교대학 과정을 진행하기도 한다. 주간, 야간 반이 있고, 또 계절을 달리해 시작하는 봄불대와 가을불대가 있다. 불교대학에서는 법륜스님의 강의를 듣는 것도 중요하지만, 그에 못지않게 마음나누기와 봉사도 커다란 공부가 된다.

마음나누기는 스님의 강의가 끝난 후, 도반들끼리 둥그렇게 모여 앉아 한다. 한 사람씩 돌아가며 스님의 법문을 들으면서 일어난 마음을 내놓는데, 일주일 동안 공부한 내용을 내놓기도 한다. 스님의 법문이 좋았다는 이야기가 많지만, 지루했다는 이야기도 솔직하게 나온다. 마음나누기의 핵심은 마음 살핌이다. 순간순간 일어나는 마음을 잘 살펴 알아차리는 것이다. 우린 좋은 마음은 더 오래 간직하려고 하고, 싫은 마음은 억누르려고 한다. 뜻대로 되지 않는데도 말이다. 마음나누기는 그처럼 마음을 조작하는 것이 아니라, 올라오는 마음을 그대로 알아차려 내놓는 것이다. 알아차림을 잘하면 좋고 싫은 마음에 더이상 끌려 다니지 않는다.

정토불교대학에 처음 온 사람들은 이 나누기가 매우 어색하고 불편하다. 오죽하면 법회에 참석하여 스님의 동영상 강의만 듣고 마음나누기는 하지 않은 채 그냥 가는 사람이 있을 정도다. 평소 내 마음을 있는 그대로 알아차려 내놓기보다는, 나의 말이 다른 사람들에게 어떻게 들릴까 하는 것에 신경을 쓰며 말을 '만들어' 하는 것에 익숙한 사람들에게 마음나누기는 고역일 수 있다. 나의 경우, 2004년 정토수련원에서 4박 5일 일정의 '깨달음의 장' 수련을 할 때, 마음을 그대로 내어놓는 공부를 처음으로 해보았다. 이 수련은 나 자신을 끊임없이 돌아보면서 거기서 떠오르는 마음과 생각을 도반들 앞에 드러내놓는 것이다. 그전까지 난 이처럼 스스로를 그대로 살피거나 그 살핀 것을 남들에게 솔직하게 표현하는 것에 매우 서툴렀고, 또 그것을 두려워하였다. 그러나 깨달음의 장 수련 이후 나 자신에 대한 믿음이 생기고, 남들에게 나를 표현하는 것에 대해 한결 자신감을 갖게 되었다.

이번 청주법당의 정토불교대학 동기생들도 상당수는 처음에 마음나누기를 힘들어 하였지만 시간이 흐르면서 점점 익숙해지는 것을 볼 수 있었다. 나누기 때 긴장되고 불안하던 얼굴들이 이젠 많이 편해졌다. 1학기 종강모임 때 다들 마음나누기가 커다란 공부임을 알게 되었다면서 흐뭇해하였다.

정토불교대학의 또 다른 공부거리는 봉사다. 정토회에는 봉사하는 분들이 참 많다. 앞서 말한 야간법회를 총괄하는 보살님은 부동산중개 일을 하는데, 저녁마다 일주일에 4번은 기본으로 나와 야간법회를 챙긴다. 언제부터인가 봉사는 기쁘기만 할 뿐이라고 한다. 불교대학생에게는 남들보다 먼저 법당에 와 책상과 방석을 펴는 것, 거리모금, 새터민(북한에서 우리나라로 와 정착한 사람들)과 어울리기 등 정토회에서 하는 행사에 참여하는 것이 봉사가 된다. 봉사는 남을 위해 자신을 희생하는 것일 뿐만 아니라, 나 자신을 살펴볼 수 있는 아주 좋은 공부의 기회가 된다.

먼저, 봉사를 하려고 하면 주저하는 마음이 생긴다. 그것은 내게 무슨 이익이 될 것인가를 따지고, 또 남 앞에 나서기가 쑥스럽기 때문이다. 난 백일출가를 마치고 청주법당에 다니면서 처음으로 거리모금을 해보았다. 거리모금은 정토회 산하 JTS라는 국제기아 · 질병 · 문맹퇴치 기구가 주관하여 매년 어린이날, 크리스마스이브 등에 수시로 진행한다. 모아진 돈은 북한, 인도 등 제3세계의 기아, 질병, 문맹퇴치 구호사업에 사용된다. 여전히 익숙하진 않지만, 처음에는 남들 앞에 다가가 "1,000원이면 굶주리는 제3세계 아이들 일주일 식사를 줄 수 있습니다. 마음을 내주십시오"라는 말조차 제대로 하지 못했다. 그래도 용기를 내어 사람들에게 다가가면서 점차 익숙해졌다. 이런 과정을 통해서 '주저하는 마음'이 '그래도 한번 해보는 마음'으로 바뀌는 것을 살필 수 있다. 이런 마음의 변화는 삶의 다른 영역에서도 그대로 응용될 수 있을 것이다.

또 봉사를 하면 남으로부터 인정받고 싶은 마음이 생긴다. 내 딴에는 남을 위해 자신을 희생하는 것인데, 그것을 다른 사람이 알아주길 바라는 것이다. 그래서 거리모금 시 상대방에게 다가가 기부를 요청할 때 상대방이 이를 냉정하게 외면하면 마음에 상처를 받고 그에 대한 미움이 생겨난다. 그 때문에 미리부터 돈을 줄 것 같은 사람과 그렇지 않을 것 같은 사람을 구별하여 돈을 줄 것 같은 사람에게만 가고자 하는 마음도 생긴다. 이런 마음이 생겨도 그냥 가리지 않고 차례로 다가가면, 내 예상과 달리 선뜻 돈을 내는 분들도 있다. 봉사를 하면서 내 편견을 알아차릴 수 있게 되는 것이다.

부처님은 열반에 드시기 전, 제자들에게 "모든 것은 변한다. 끊임없이 떨어지는 물이 바위를 뚫는 것처럼, 게으르지 말고 부지런히 공부하라"고 말씀하셨다.

불교대학에서 목탁 치는 기간이 늘어나다보니, 목탁소리가 내 생활에 영향을 미치는 범위도 점점 넓어지고 있는 것을 느낄 수 있다. 처음에는 남의 이야기를 들을 때 마음속으로 목탁을 쳤는데, 이제는 걸음을 옮기거나 이를 닦을 때도 호흡을 의식하면서 살살 마음속으로 목탁을 쳐본다. 머리가 복잡하거나 몸에 기운이 없다고 느껴질 때에도, 마찬가지로 호흡에 집중하면서 조심스럽게 목탁을 쳐본다. 마치 물방울이 떨어지는 것처럼. 톡, 톡, 톡.

모든 것은 변한다
끊임없이 떨어지는 물이
바위를 뚫는 것처럼,
게으르지 말고 부지런히 공부하라

많이 좋아졌네

요즘 오랜만에 아는 분들을 만나면, "얼굴 많이 좋아졌네" 하는 말을 자주 듣는다. 전에는 말라서 얼굴이 날카로워 보였는데, 이젠 살이 좀 붙어 편안하게 보이는가보다. 나 스스로도 얼굴살이 도톰하게 올라오니 느낌이 좋다. 검사로서 조직생활을 하면서 받는 스트레스에서 벗어나, 변호사로서 자유로운 생활이 어느 정도 평안을 가져오게 하였을 것이다. 하고 싶은 말을 거리낌 없이 할 수 있고, 사람들도 자유롭게 만나고, 결과가 좋으면 경제적으로도 보상을 받는 변호사 일은 내게 새로운 활력을 주고 있다. 변호사도 나름대로 스트레스를 받지만, 검사의 그것보다는 덜한 것 같다. 물론 수임이 잘 되지 않아 생계에 위협을 받는 정도가 된다면 그땐 이야기가 다를 수도 있을 것이다.

내 얼굴이 전보다 편안해진 데에는 위에서 말한 변호사의 자유로움 말고 수행의 힘도 작용하였다. 백일출가를 통해 나를 내려놓는 공부를 한 것이 큰 도움이 되고 있다. 가능한 한 새벽 5시에 일어나 참회기도를 하고 108배를 하면서 나를 내려놓는 시간을 갖는다. 아주 늦게까지 야근을 하거나 술을 마신 다음 날은 빠지는 경우가 있어도, 그 끈은 꼭 붙들고 있다.

올해는 정토불교대학에 들어갔다. 백일출가 때 다 배운 내용이지만 수행하는 마음을 다잡기 위해 입학했다. 매주 화요일 저녁 법당에 가 법륜스님의 동영상 강의를 듣고, 동료 학생들끼리 마음나누기를 한다. 내가 집전을 맡아 목탁을 치기 때문에 어지간해서는 빠질 수가 없다. 그 덕에 지금까지 개근이다.

마음나누기는 말 그대로 내 안에서 올라오는 기쁨, 슬픔, 분노, 원망 같은 마음을 알아차리고 그대로 내어놓는 것이다. 마음나누기는 나를 살피는 공부다. 내 안에서 생기는 감정을 바로 알아차림으로써 그것에 얽매이지 않는 훈련이다. 예를 들어, 화가 난다고 했을 때 그 화나는 마음을 알아차리면 화나는 마음에 얽매이지 않고 가만히 바라볼 수 있게 된다. 화나는 마음을 객관화시키는 것이다. 그렇게 하면 화나는 마음은 어느 정도 시간이 흐른 후 스스로 알아서 사라진다. 마음나누기를 제대로 하면 무거웠던 마음이 한결 가벼워진다.

그런데 이 마음나누기가 쉽지 않다. 기쁨이나 분노 같은 마음을 그대로 드러내놓아야 하는데, 그 마음을 알아차리지 못하거나 또는 숨기고, '마음'이 아닌 '생각'을 내놓는 경우가 많다. 정토회의 한 법사님이 말하기를, 마음을 내놓는 것이 생방송이라면 생각을 말하는 것은 녹화방송이라고 하였다. 생각이란 정리되고 편집된 것이어서 그것만을 말하는 것은 생동감이 떨어지고, 나 자신을 살피는 데도 별 도움이 되지 않는다. 나는 이 마음나누기에 큰 비중을 두고 공부하고 있다.

얼마 전 전국의 정토불교대학 학생들이 문경의 정토수련원에 모여 1박 2일 특강수련을 하였다. 수련을 마치고 돌아오다가, 우리 청주팀은 괴산군 청천에 있는 한 식당에 들어가 올갱이해장국을 먹게 되었다. 밥을 먹기 전, 특강수련 소감으로 나누기를 하였다. 그런데 나누기 도중 한 학생이 자리에서 일어나 식당아주머니를 도와 해장국을 날랐다. 우리들 숫자가 열다섯 명 정도 되었는데, 식당아주머니 혼자서는 손이 부족하다고 판단한 모양이었다. 일부 다른 사람들도 그것에 동참하려고 했다.

난 그 학생의 행동이 이해가 되지 않았다. 언뜻 보면 선행이라고 하겠지만, 깨달음 공부를 하는 학생으로서 용납되기 어려운 행동이었다. 그것은 학교에서 수업을 받던 학생이 수업시간에 바깥에서 청소하는 아저씨를 돕겠다며 교실을 나서는 것과 다름없다.

나누기의 분위기가 갑자기 흐트러졌다. 그 학생이 해장국 나르는 것을 도우려고 할 때 마침, 나누기를 하고 있던 분은 평소 말이 없는 분인데 그때는 꽤 진지하게 오래 말을 하고 있었다. 난 그런 그에 집중하고 싶었다. 해장국을 나르던 학생에게 나누기에 방해가 되니 잠시 행동을 멈추어달라고 요청했다. 깨달음 공부는 치열한 마음으로 해야 한다. 또 그 공부는 모든 순간에 차별을 두지 않고 이루어져야 한다. 마음나누기는 공부의 아주 좋은 기회인데, 그 시간을 함부로 대해서야 되겠는가. 깨달음은 언제, 어떻게 올지 알 수 없다.

백일출가를 마친 이후, 어릴 때부터 나를 괴롭혔던 아버지나 형에 대한 미움이 계속 줄어들고 있다. 덩달아 다른 사람들과 부딪히면서 생기는 미움이나 원망도 오래가지 않는다. 그 미움이나 원망을 되돌아보면, 언제나 내가 옳다는 생각에서 비롯된 것임을 알게 된다.

변호사 일의 성격상 사람들을 많이 만난다. 전에는 사람들 만나는 것이 부담스러웠다. 그러나 지금은 만나는 사람이 그 누구든 크게 불안하지 않다. 나를 있는 그대로 당당하게 보여주고, 상대방을 내 기준으로만 보려고 하지 않기 때문이다. 물론 순간적으로 여러 감정이 생기는 것은 피할 수 없지만, 그것을 바라보고 견디는 힘이 생겼다. 정말로 미워하고 원망할 사람은 없다는 것을 구체적이고 현실적으로 깨닫고 있다.

몇 달 전 뺑소니 사건을 수임했다. 의뢰인은 다른 차량과 충돌한 사실 자체도 인식하지 못했다고 부인했으나, 정황상 받아들여질 수 없었다. 충돌 사실을 알았다는 것을 자백하도록 하고, 다만 2주 상해진단서가 제출되었어도 그 충격의 정도가 경미해서 구호조치를 할 정도의 상해는 아니었다는 취지로 변론을 했다. 진단서가 있더라도, 그 상해가 구호조치를 할 정도가 아니라면 뺑소니가 성립하지 않는다.

그런데 판사가 법정에서 그렇게 부인하는 것이 얄밉다면서 중형을 선고하겠다고 했다. 한 기일 속행을 요청하고는 숙고했다. 의뢰인은 뺑소니가 인정되면 운전면허가 취소된다며 하소연을 했다. 재판 이틀 전에 판사에게 "사실관계 자체를 부인하는 것이 아니고, 운전면허 때문에 법리적으로만 부인하는 것이다. 그런 사정을 이해해 달라"고 했다. 판사 역시 그러느냐며 지난번 법정에서 감정적인 표현을 한 것에 대해 사과를 했다.

전과도 없고 합의까지 되어, 무죄 주장이 받아들여지지 않더라도 집행유예가 선고될 사안으로 생각했다. 그런데 실형이 선고되었다. 선뜻 받아들이기 어려운 판결이었다. 그 판사에 대해 미움과 원망이 순간 솟아났다. 찾아가서 따지고 싶은 생각도 들었다. 그 미움과 원망을 계속 바라보았다. 꽤 오래갔던 것 같다. 그 무렵에는 미움과 원망 때문에 그 판사가 진행하는 법정에 들어가는 것이 힘들었다. 그러나 이제는 그 판사를 바라보는 마음이 불편하지 않다. 다 수긍은 못 하지만, 그의 입장에서는 그럴 수도 있었다는 생각이 든다.

얼마 전에 불교대학에서 부처님의 전생에 대한 법륜스님의 강의를 들었다. 연등부처님이 오신다는 말에, 석가모니 부처님의 전생인 선혜동자는 어렵사리 꽃을 구해 연등부처님께 바쳤다. 그리고 비에 젖어 질퍽한 길바닥을 자신의 몸으로 덮고, 다 덮이지 않는 곳을 향해 머리를 풀어 늘어뜨려 연등부처님이 밟고 가도록 하였다. 스님은 선혜동자가 바닥에 엎드린 것은 자신을 낮추는 것이고, 머리를 풀어 헤친 것은 고정관념을 버리는 것이라고 했다. 그때 연등부처님이 선혜동자에게 말했다. "선혜동자여, 그대는 참으로 신심이 깊구나. 다음 생에는 부처가 되리라." 이 부분에서 내 가슴이 후끈해졌다. 부처님이 되기 위한 공부가 어떠해야 하는지가 절절하게 느껴졌다. '어떠한 경우에도 괴로움과 번뇌가 일어나지 않도록 수행 정진하겠습니다' 라는 사홍서원(부처·보살이 중생을 구제하고자 하는 맹세)의 한 글귀가 떠올랐다. 그날 법륜스님이 하신 말씀은 마치 목탁소리처럼 톡톡 내 마음 안으로 튀어 들어왔다.

그후 의뢰인과 상담을 하거나 다른 사람들을 만나 이야기를 들을 때면 목탁소리를 듣는 것처럼 집중하려고 노력한다. 상대방에 대해 생기는 미움, 시기, 답답함, 추함 같은 선입견이 다 나의 주관으로 생긴 것임을 바로 알아차리고 내려놓는다. 상대방을 있는 그대로 바라보고 들으려고 한다. 이렇게 되니 사람 만나는 것이 크게 힘들지 않다. 그런 만남은 서로를 편안하게 하고 관계를 의미 있게 만든다.

변호사 일을 하면서 느끼는 안타까움 가운데 하나는 의뢰인들이 사실을 있는 그대로 다 말하지 않는 경우다. 그들은 자신들에게 유리한 것만 말하고, 불리한 부분은 감추려고 한다. 그들은 변호사를 속이면 검사나 판사도 속일 수 있다고 생각을 하는 것 같다. 그러나 그것은 큰 오산이다. 변호사에게 진실을 다 말하지 않으면 변호사는 절름발이 변론밖에 할 수 없다. 변호사와 달리, 검사나 판사는 양 당사자의 주장이나 자료를 다 보고, 또 중립적인 입장에서 사건을 파악하기 때문에 사건의 진실에 더 가까이 갈 수 있다. 변호사는 의뢰인의 말을 믿고 변론을 할 수밖에 없는데, 그것이 검사나 판사가 파악하는 객관적인 사실과 명백히 다르다면, 치명적으로 불리한 판결이 나올 수 있다.

변호사 개업 초기에 아동을 성폭행한 사건을 수임하였다. 피고인은 60대의 노인이었는데, 부모가 없어 다른 친척의 보호를 받고 있는 초등학교 고학년 여자아이를 성폭행했다. 수사기록을 보니, 경찰 검찰에서 범행을 자백하였고, 아이를 보호하고 있는 친척에게 찾아가 무릎을 꿇고 용서를 구하기도 했다. 그런데 막상 재판이 시작되려는 순간에 범행을 부인했다. 부인하는 취지를 들어보니 도무지 받아들여질 가능성이 없었다. 깨끗하게 자백을 하고 합의를 해 형을 조금이라도 깎는 것이 최선의 방법이라고 설득했다. 그래도 그는 고집을 꺾지 않았다. 난 그가 부인하는 내용에 대해 꼬치꼬치 따져 물었다. 나중에는 그가 화를 냈다. "내가 선임한 변호사인데 왜 내게 불리하게 변론을 하려고 하느냐" 하며 더이상 내게 변호를 맡기지 않겠다고 했다. 사임당한 것이다.

난 의뢰인과 상담하면서 사실을 있는 그대로 말해줄 것을 요구한다. 그렇게 하여야만, 가장 합리적이고 그에게 유리한 변론을 할 수 있다. 또 잘못을 하거나 남에게 갚아야 할 돈이 있다면, 다 인정하고 책임을 지자고 말한다. 거짓말로 유리한 판결을 얻어낼 수 있을지는 몰라도, 의식적으로 또는 무의식적으로 작용하는 스스로의 양심이 하는 판결에서는 벗어날 수 없다. 참다운 인생은 이 양심으로 사는 것 아닌가.

얼굴은 마음의 거울이라고 한다. 얼굴만 보면 그 사람의 마음을 알 수 있다. 밝고 환한 얼굴은 틀림없이 마음도 그렇다. 얼굴에서 나는 빛은 그 주변까지 환하게 만든다. 어둡고 찌푸린 얼굴은 마음도 그렇게 찌들었다. 그 옆에 가기가 주저된다. 마음을 환하게 닦는 방법은 참회다. 내가 옳다는 생각을 내려놓고 사물을 있는 그대로 바라보려고 노력하는 것이다. 난 선혜동자의 간절한 신심처럼 온몸과

온 마음으로 공부하려고 한다. 넘어지면 그 자리에서 다시 일어설 것이다. 꼭 성불하겠다는 믿음과 의지를 가지고 수행자의 길을 갈 것이다. 다행스럽게도, 나의 얼굴은 점점 더 밝아지고 있다.

온 마음으로 공부하려고 한다. 넘어지면 그 자리에서 다시 일어설 것이다. 꼭 성불하겠다는 믿음과 의지를 가지고 수행자의 길을 갈 것이다. 다행스럽게도, 나의 얼굴은 점점 더 밝아지고 있다.

검사 그만뒀습니다
4장 / 나를 내려놓기

내 마음의 문이
열리고 있다

검사 그만뒀습니다

ⓒ 오원근 2011

초판 인쇄	2011년 10월 18일
초판 발행	2011년 10월 25일

지은이 오원근
펴낸이 강병선
기획 서영희 | 책임편집 서영희 | 편집 강지혜 | 디자인 손현주
마케팅 방미연 우영희 정유선 나해진 | 온라인 마케팅 이상혁 한민아 장선아
제작 안정숙 서동관 김애진 | 제작처 영신사

펴낸곳 (주)문학동네
출판등록 1993년 10월 22일 제406-2003-000045호
주소 413-756 경기도 파주시 문발동 파주출판도시 513-8
전자우편 editor@munhak.com | 대표전화 031) 955-8888 | 팩스 031) 955-8855
문의전화 031) 955-8889(마케팅) 031) 955-3563(편집)
문학동네카페 http://cafe.naver.com/mhdn

ISBN 978-89-546-1635-5 03810

* 이 책의 판권은 지은이와 문학동네에 있습니다.
  이 책 내용의 전부 또는 일부를 재사용하려면 반드시 양측의 서면 동의를 받아야 합니다.
* 이 책에 사용된 사진 중 일부는 저작권자를 찾지 못했습니다.
  저작권자가 확인되는 대로 정식 동의 절차를 밟겠습니다.
* 이 도서의 국립중앙도서관 출판시도서목록(CIP)은 e-CIP 홈페이지(http://www.nl.go.kr/ecip)에서
  이용하실 수 있습니다.(CIP제어번호: CIP2011004248)

www.munhak.com